"시를 사랑하는 문학도 H군과 문학소녀 H양을 위한"

국어 종합 비타민 H

시란 원래 우리 마음속에 있는 세상의 아름다움을 끄집어내어 탄생한 것이라고 하죠. 또한 시인은 일상의 언어를 빚어 찬란한 작품을 만들어내는 언어의 연금술사이고요. 「국어 종합 비타민H」는 그동안 어렵고 딱딱하게만 느껴지던 시의 참된 의미를 여러분들에게 전해줄 거예요. 그 의미를 통해, 여러분은 시인이 꿈꾸던 세상의 아름다움을 공감할 수 있답니다. 시는 억지로 외워야 하는 것이 아닌 저절로 외워지는 것이며, 그로 인해 한없는 감동을 준다는 사실, 「국어 종합 비타민H」를 만나면 알게 될 거예요. 여러분은 곧 시를 사랑하는 문학도, 문학소녀로 거듭날 테니까요.

중학생을 위한 국어 종합 비타민

중학생을 위한 국어 종합 비타민 H

펴낸날 | 2005년 4월 8일 초판 1쇄

엮은이 | 이창민
펴낸이 | 이태권
펴낸곳 | 소담출판사
서울시 성북구 성북동 178-2 (우)136-020
전화 | 745-8566 팩스 | 747-3238
E-mail | sodam@dreamsodam.co.kr
등록번호 | 제2-42호(1979년 11월 14일)
기획 · 편집 | 이장선 가정실 마현숙 김세희
미 술 | 이성희 김지혜
본부장 | 홍순형
영 업 | 박종천 장순찬 이도림
관 리 | 이영욱 안찬숙 장명자

북디자인 | 박준철

ISBN 89-7381-827-9 44810

● 책 가격은 뒤표지에 있습니다.

H

중학생을 위한 국어 종합 비타민

이창민 엮음 및 해설

소담출판사

책을 펴내며

〈중학생을 위한 국어 종합 비타민〉(한국 대표 시선)은 제7차 교육과정에 따른 18종 문학교과서에 수록된 현대시, 현대시조, 개화기 시가를 총망라하여 해설한 것입니다. 여기에 실린 시는 문학적으로 교육적으로 그 뛰어난 가치를 인정받아 학교에서 반드시 가르치고, 사회에서 널리 읽히는 작품입니다. 이 책을 읽다 보면 여러분은 시에 대한 감상력과 이해력을 향상시키는 동시에 자연스럽게 미래의 공부에 꼭 필요한 문학적 지식을 습득할 수 있습니다.

현대시는 우리 삶의 무대가 되는 시대의 상황과 현상을 배경으로 삼아 이 시대를 살아가는 사람들의 감정과 심리, 경험과 사고를 표현하고, 삶의 바탕이 되는 사물과 자연의 의미를 조명합니다. 현대시는 말 그대로 우리가 지금 살고 있는 현대에 씌어지고 읽혀지는 것이기에, 거기에는 보거나 듣거나 겪어서 알지 못할 내용이 없습니다. 그럼에도 많은 이들이 현대시를 어렵다고 느끼는 것은 시의 언어가 일상 언어와 다르기 때문입니다. 시인은 적은 말이라도 많은 뜻을 담을 수 있도록, 흔한 말이라도 새로운 기분을 느낄 수 있도록, 같은 말이라도 특별한 느낌을 줄 수 있도록 언어를 배치합니다. 이 책에는 시를 시로 만들어주는 언어적 특징인 의미와 심상과 운율과 어조를 최대한 쉽게 이해할 수 있도록 설명한 해설이 들어 있습니다.

이 책의 본문은 시 원문과 해설로 구성돼 있고, 해설은 다시 〈시인 소개〉 〈읽기 전에 생각하기〉 〈작품해설〉 〈더 알아두기〉 〈Open Book Test〉로 이루어져 있습니다. 여기서 가장 중요한 것은 물론 작품입니다. 해설 부분은 작품을 제대로 이해하기 위해서 필요합니다. 따라서 가능하다면 시를 먼저 읽고 〈읽기 전에 생각하기〉를 제외한 나머지 해설을 볼 것을 권합니다. 작품을 꼼꼼히 읽고 나름대로 해석해 본 후 〈Open Book Test〉를 통해 이해의 정도를 측정하고, 미진한 부분을 해설을 통해 보충하는 것이 좋습니다. 모쪼록 이 책이 여러분의 시적 감수성을 계발하고, 문학적 지식을 증대하는 데 도움이 되길 기대합니다.

2005년, 엮은이

이 책의 특징

사람 몸에 비타민이 하나라도 부족하면 몸에 이상이 생기듯, 중학생들이 공부하는 국어에도 비타민이 필요합니다. 중학생들의 국어 공부에 꼭 필요한 『중학생을 위한 국어 종합 비타민』은 중학생들에게 부족한 국어 비타민을 채워줍니다.

『중학생을 위한 국어 종합 비타민』은 이렇게 다릅니다.

하나, 국어가 재미있어집니다. 선생님과 함께 대화를 나누는 것 같은 친절한 설명은 공부를 하고 싶은 기분이 저절로 들게 합니다.

둘, 억지로 머리에 지식을 주입시키려 하지 않습니다. 술술 읽다 보면 어느새 지식이 꽉 차 있음을 깨닫게 됩니다.

셋, 스스로 생각의 힘을 키울 수 있도록 도와줍니다. 정확한 답을 알려주지 않고, 여러 가지 경우의 수를 제시함으로써 사고력을 키울 수 있도록 하였습니다.

넷, 내신성적과 글쓰기 능력을 향상시켜 줍니다. 문학성이 뛰어난 글을 반복해서 읽고 이해하다 보면 글을 볼 줄 아는 능력이 길러집니다.

다섯, 수준 높은 중학생이 되기 위한 지식과 세상을 넓게 볼 수 있는 지혜가 담겨 있습니다.

| 읽기 전에 생각하기 | 잠깐! 작품을 읽기 전에 어떤 점에 주의하면서 읽어야 하는지, 어느 부분을 깊이 생각하고 이해해야 하는지 친절하게 설명되어 있습니다. 그럼 이제부터 작품을 감상해 볼까요?

| 작가 소개 | 작가의 생애를 서술하였습니다. 작가의 인생관이나 세계관을 알고 나면 작품을 이해하기가 훨씬 쉬워집니다. 그리고 작가와 작품이 갖는 문학사적 위치와 의미를 함께 알 수 있답니다.

| 작품 해설 | 작품을 잘 읽어 보았나요? 그럼 이제부터 이해가 안 되는 부분에 대해 선생님께서 친절하게 설명해주신 해설을 읽어봅시다. 하지만 선생님의 글만 읽고 그냥 지나치지 말고 여러분 스스로도 시에 대한 감상을 직접 써보세요. 작품에 대한 이해력은 물론 글쓰기 능력도 향상됩니다.

| 더 알아 두기 | 본문의 내용과 연관되거나 작품을 이해하는 데 꼭 필요한 단어나 문장을 설명해 줍니다. 어휘력을 기르는 데도 도움이 되겠죠?

| Open Book Test | 서두르지 말고 자유롭게 자신의 생각을 말해 봅시다. 내용이 생각나지 않는다고요? 그럼 찬찬히 작품을 다시 읽어 보세요.

차례
CONTENTS

중학생을 위한 국어 종합 비타민

||| 현대시 |||

||| 현대시조 |||

||| 개화기 시가 |||

껍데기는 가라 _신동엽

껍데기는 가라.
사월도 알맹이만 남고
껍데기는 가라.

껍데기는 가라.
동학년 곰나루* 의, 그 아우성만 살고
껍데기는 가라.

그리하여 다시
껍데기는 가라.
이곳에서, 두 가슴과 그곳까지 내논
아사달 아사녀* 가 중입의 초례청* 앞에 서서
부끄럼 빛내며
맞절할지니

● 신동엽(1930 ~ 1969)은 충청남도 부여에서 태어나 단국대학교 사학과와 건국대학교 대학원을 졸업하였습니다. 투철한 역사 인식과 치열한 현실 의식에 바탕을 두고 저항적이고 실천적인 문학 활동을 하였으며 역사적 사건을 민중적 관점에서 해석한 서사시와 장시를 써 현대시의 새로운 경지를 열었다는 평가를 받습니다.

껍데기는 가라.

한라에서 백두까지

향그러운 흙가슴*만 남고

그, 모오든 쇠붙이*는 가라.

● 곰나루 : 지명으로 동학농민운동의 전적지.
아사달 아사녀 : 무영탑 전설에 나오는 인물. 〈삼국유사〉에 실려 있음.
초례청 : 전통 혼례를 치르는 장소.
흙가슴 : 대지의 순수한 생명력과 농촌의 공동체 정신을 강조하는 말.
쇠붙이 : 전쟁과 억압에 쓰이는 무력의 도구를 말함.

읽기 전에 생각하기 / 4·19 혁명과 동학농민운동의 정신을 이어받아 자유와 평화와 통일을 이룩하고자 하는 열망을 표출한 시입니다. 그러므로 역사적 사건의 의미를 알면 이해가 쉽습니다. 두 사건의 의의는 민주와 통일의 지향 및 자유와 평등의 추구로 요약할 수 있습니다.

작품해설 / 이 시의 주장은 껍데기는 가라는 것입니다. 과연 껍데기는 무엇을 의미하는 것일까요? 한마디로 알맹이의 반대입니다. 알맹이는 본질적이고 핵심적인 것이고 껍데기는 그와 반대되는 모든 것입니다. 4·19 혁명과 동학농민운동의 진정한 가치만을 남기고, 그것을 불순한 의도로 이용하려는 모든 기도를 거부하자는 것입니다. 알맹이와 껍데기는 순수와 불순, 진실과 허위, 본질과 가식의 의미로 대립합니다. 껍데기가 사라진 후의 상황은 비유적으로 제시되어 있습니다. 아무것도 걸치지 않은 아사달과 아사녀가 중립의 초례청에서 혼인을 치릅니다. 설화에 나오는 인물인 아사달과 아사녀는 전통적인 민족정신의 표상입니다. 아무것도 입지 않았으니 순수하겠지요. 중립이란 말은 남한과 북한의 이념대립을 초월했다는 뜻이며 결혼은 통일을 의미합니다. 한라에서 백두까지면 우리나라 전체입니다. 4·19 혁명과 동학농민운동의 가치와 의의가 통일로 이어져야 한다는 신념을 아주 강하게 주장하였습니다.

- 가라고 하면 껍데기는 순순히 갈까요?
- 아사달과 아사녀가 아무것도 안 입고 있는 것이 의미하는 바가 무엇인지 생각해 봅시다.
- 껍데기가 가고 나면 어떤 상황이 도래할지 생각해 봅시다.

금강 錦江

_ 신동엽

1

우리들의 어렸을 적

황토 벗은 고갯마을

할머니 등에 업혀

누님과 난, 곧잘

파랑새 노랠 배웠다.

울타리마다 담쟁이넌출 익어가고

밭머리에 수수모감 보일 때면

어디서라 없이 새 보는 소리가 들린다.

우이여! 훠어이!

쇠방울소리 뿌리면서

순사의 자전거가 아득한 길을 사라지고

그럴 때면 우리들은 흙토방 아래

가슴 두근거리며

노래 배워 주던 그 양품장수 할머닐 기다렸다.

새야 새야 파랑새야
녹두밭에 앉지 마라.
녹두꽃 떨어지면
청포장수 울고 간다.

잘은 몰랐지만 그 무렵
그 노랜 침장이에게 잡혀가는
노래라 했다.

지금, 이름은 달라졌지만
정오正午가 되면 그 하늘 아래도 오포午砲가 울리었다.
일 많이 한 사람 밥 많이 먹고
일하지 않은 사람 밥 먹지 마라,
오우우 …… 하고,

질앗티
콩이삭 벼이삭 줍다 보면 하늘을
비행기 편대가 날아가고
그때마다 엄마는 그늘진 얼굴로
내 손 꼭 쥐며
밭두덕길 재촉했지.

내가 지금부터 이야기하려는
그 가슴 두근거리는 큰 역사를
몸으로 겪은 사람들이 그땐
그 오포 부는 하늘 아래 더러 살고 있었단다.

앞마을 뒷동산 해만 뜨면
철없는 강아지처럼 뛰어 다니는 기억 속에
그래서 그분들은 이따금
이야기의 씨를 심어주고 싶었던 것이리.

그 이야기의 씨들은
떡잎이 솟고 가지가 갈라져
어느 가을 무성하게 꽃피리라.

그 일을 그분들은 예감했던 걸까.
그래서 눈보라치는 동짓달
콩강개 묻힌 아랫목에서
숨막히는 삼복 三伏 순이 엄마 목매었던
그 정자나무 근처에서 부채로 메밋소리
날리며 조심조심 이야기했던 걸까.

배꼽 내놓고

아랫배 긁는
그 코흘리개 꼬마들에게.

2

우리들은 하늘을 봤다
1960년 4월
역사를 짓눌던, 검은 구름장을 찢고
영원의 얼굴을 보았다.

잠깐 빛났던,
당신의 얼굴은
우리들의 깊은
가슴이었다.

하늘 물 한아름 떠다,
1919년 우리는
우리 얼굴 닦아놓았다.

1894년쯤엔,
돌에도 나무등걸에도
당신의 얼굴은 전체가 하늘이었다.

하늘,

잠깐 빛났던 당신은 금세 가리워졌지만

꽃들은 해마다

강산을 채웠다.

태양과 추수秋收와 연애와 노동.

동해,

원색의 모래밭

사기 굽던 천축天竺 뒷길

방학이면 등산모 쓰고

절름거리며 찾아나섰다.

없었다.

바깥 세상엔, 접시도 살점도

바깥 세상엔

없었다.

잠깐 빛났던

당신의 얼굴은

영원의 하늘,

끝나지 않는

우리들의 깊은

가슴이었다.

제 17장

관아는 텅 비어 있었다,
조병갑은 어젯밤 벌써
전주로 도망갔고
이속들도 쥐구멍 속 다
숨었다,

옥을 부쉈다,
뼈만 남은 농민들이 기어나와
관아에 불을 질렀다,

창고를 부쉈다,
석류알 같은 3천석의
쌀이 썩고 있었다,

무기고를 부쉈다
열한 자루의 일본도
스물두 자루의 양총
6백발의 탄환이 나왔다,

동학군은 대오를 정돈했다
인원을 점검하니 3천이 늘어서 8천명,
전봉준을 둘러싼
수뇌진에서는
동학농민당 선언문을 작성하여
각 고을에 붙였다,

"전략— 오늘의 고관들은 나라를 생각지
않고 녹위를 도둑질하며 아첨을 일삼아,
충고하는 선비를 간신이라 배척하고 정직한
사람을 비도라 트집잡아 안으로 나라를 생각하는
인재가 없고 밖으로 학정의 관만 늘어가니
인심은 갈수록 변하여 들어앉아도 편안할 날이
없고 나가도 보신의 길이 없도다,

중앙의 벼슬아치나 지방의 벼슬아치에 이르기까지
민족의 위태는 생각지 않고 내 몸 내 집을
살찌게 할 계략에만 눈이 어두워
벼슬 뽑는 길은 축재하는 길로 되고
과거 보는 마당은 물물거래하는 시장이 되며,
허다한 세금은 국고에 들어가지 않고
도리어 개인 금고에 충당되며, 사치와

음란이 두려운 줄을 모르니 팔도는
고기밥이 되고 만민은 도탄에 빠져 있다,

백성은 나라의 근본이요 근본이 허약하면
나라가 쇠약해지는 법이라,
보국안민을 생각지 아니하고 사병을 두어
오직 혼자 잘살기만 도모하고 녹위를
도둑질하니 어찌 그럴 수 있으랴,

우리 일당은 비록 초야의 농민이나
나라의 땅으로 먹고 살고 나라의 옷을
입고 사는지라, 나라의 위망을 좌시할 수
없어 팔도가 마음을 함께하고
억조가 의논을 거듭하여 이제 의로운
깃발 들고 보공報公과 안민을 목숨 걸고
맹세하노니, 오늘의 이 광경이 비록
놀라운 일이라 하나 결코 두려워하지 말고
각자 생업에 안온하여, 함께 강산의 태평세월
을 축하하며 다 함께 성스런 혜택 누리게 되면
천만다행으로 아노라,

읽기 전에 생각하기 / 이 작품은 장편 서사시입니다. 장편이니 당연히 작품의 길이가 길겠지요. 또한 서사시의 특징인 이야기도 들어 있습니다. 따라서 전체를 모르면 부분이 이해되지 않겠죠. 어느 부분을 읽더라도 전체의 개요를 염두에 두어야 합니다. 서사시는 본래 역사적 사실, 신화, 전설, 영웅의 사적 등을 시 형식으로 적는 양식인데요, 이 작품의 배경이 되는 역사적 사실은 동학농민운동이고, 영웅에 해당하는 실제 인물은 전봉준입니다.

작품해설 / 동학농민운동을 주된 제재로 삼아 자유와 평등에 바탕을 둔 민주주의 · 민족주의 · 민중주의의 이념을 역사적으로 형상화하였습니다. 동학농민운동의 지도자였던 실제 인물 전봉준과 시인이 창조한 가공의 인물인 신하늬가 주요 인물로 작품을 이끌어 갑니다. 동학에 입교한 신하늬가 전봉준을 만나 동학농민운동에 참여합니다. 혁명은 실패로 끝나 전봉준은 사형에 처해

더 알아두기

이 시는 본시 앞뒤에 놓인 서시 두 장와 후시 두 장을 포함해 총 서른 장으로 이루어져 있습니다. 동학농민운동의 역사적 의의를 지적하는 것으로 시작해 자유 · 평화 · 평등에의 지향, 지배와 피지배 관계의 근원, 자본주의적 착취의 발생, 제국주의적 외세의 개입, 반봉건 · 반외세 투쟁의 경과, 민중이 처한 곤경, 민족 문제의 발단 등의 문제가 종합적으로 다뤄집니다. 역사적 사실과 문학적 기록 사이에 차이가 있다는 점을 지적하는 논자도 있지만, 이 시의 핵심을 이루는 것은 단편적 사실의 명시라기보다는 거시적 시각의 제시이므로 크게 문제가 되지는 않습니다.

지고, 신하늬는 아들을 낳고 죽습니다. 1894년에 시작된 동학농민운동의 요체는 반봉건주의와 반제국주의 투쟁에 있는데, 시인은 그러한 이념과 정신이 1919년에 일어난 3 · 1 운동과 1960년에 발발한 4 · 19 혁명으로 면면히 이어진다고 봅니다. 이것이 이 시에 내포된 역사 인식의 중추입니다.

- 제목을 금강이라고 한 것에는 어떤 의미가 내포되어 있을까요?
- 역사적으로 볼 때 동학농민운동은 실패한 것이라고 할 수 있는지 논해 봅시다.
- 시인의 생각을 대변하는 말에는 어떤 것들이 있는지 찾아봅시다.

누가 하늘을 보았다 하는가 _신동엽

누가 하늘을 보았다 하는가.
누가 구름 한 송이 없이 맑은
하늘을 보았다 하는가.

네가 본 건, 먹구름
그걸 하늘로 알고
일생一生을 살아갔다.

네가 본 건, 지붕 덮은
쇠 항아리,
그걸 하늘로 알고
일생을 살아갔다.

닦아라, 사람들아
네 마음속 구름
찢어라, 사람들아,
네 머리 덮은 쇠 항아리.

아침 저녁

네 마음 속 구름을 닦고

티 없이 맑은 영원永遠의 하늘

볼 수 있는 사람은

외경畏敬을

알리라.

아침 저녁

네 머리 위 쇠 항아릴 찢고

티 없이 맑은 구원久遠의 하늘

마실 수 있는 사람은

연민憐憫을

알리라

차마 삼가서

발걸음도 조심

마음 아모리며.

서럽게

아 엄숙한 세상을

서럽게

눈물 흘려

살아가리라.

누가 하늘을 보았다 하는가,

누가 구름 한 자락 없이 맑은

하늘을 보았다 하는가.

읽기 전에 생각하기 / 자유와 평등과 민주와 평화와 통일 등 우리 사회가 이루어 내야 할 가치를 하늘에 비유해 표현한 작품입니다. 사람답게 살 수 있는 세상을 꿈꾸는 시인의 의지가 단순 명료하게 표출되어 있습니다.

작품해설 / 누가 하늘을 봤을까요? 아니 그보다 먼저 하늘은 무엇일까요? 하늘은 넓고 맑고 크고 깊습니다. 사람이 생각할 수 있는 삶의 가치 중에 그런 성질을 가진 것을 하늘에 비유하였습니다. 누가 봤을까요? 그걸 본 사람은 보지 못한 사람과 다를 것입니다. 하지만 하늘 중에 먹구름이 잔뜩 낀 하늘도 있습니다. 세상을 으레 그러려니 하고 살아가는 사람은 맑은 하늘을 보지 못한 사람입니다. 그가 본 것은 '지붕을 덮은 쇠 항아리' 입니다. 지붕이 있으니 하늘이 보이지 않고, 그 위에 또 항아리가 덮여 있으니 보고 싶어도 볼 수가 없습니다. 더구나 그것은 쇠로 만든 항아리입니다. 먹구름과 쇠 항아리는 하늘이 가

더 알아두기

외경은 두려워하면서 공경한다는 뜻입니다. 참된 가치가 가진 성질이 그렇습니다. 이 세상은 하늘과 너무 다릅니다. 그래서 참된 가치가 실현되는 것을 하늘이 세상을 구원한다고 하였습니다. 연민은 불쌍하고 가련하게 여긴다는 말입니다. 참된 가치가 존재하지 않는 세상과 그 속에서 살아가는 사람들에 대해 느끼는 감정을 그렇게 말하였습니다. 신동엽 시는 시인의 의도를 고려해 역사적이고 정치적인 의미로 읽는 것이 좋습니다. 하늘이 표상하는 가치는 구체적으로 4 · 19 혁명의 이념을 지시합니다. 4 · 19 혁명은 전면적인 민주주의의 구현을 요구했고, 민족의 화해에 바탕을 둔 통일을 추구하였습니다.

진 뜻과 반대됩니다. 하늘은 구속 없는 자유, 차별 없는 평등, 독재 없는 민주, 전쟁 없는 평화, 분단 없는 통일의 상징입니다. 하늘을 본 사람은 지금 이 세상이 서럽습니다. 이유는 하늘같지 않기 때문입니다. 그래서 눈물을 흘리며 살아갑니다.

- 과연 누가 하늘을 볼 수 있을까요?
- 하늘을 못 보는 실제적인 이유는 무엇인지 말해봅시다.
- 외경과 연민 외에 하늘을 본 사람이 취하게 될 또 다른 자세에는 어떤 것이 있을까요?

너에게 _신동엽

나 돌아가는 날
너는 와서 살아라.

두고 가지 못할
차마 소중한 사람

나 돌아가는 날
너는 와서 살아라.

묵은 순 터
새 순 돋듯

허구 많은 자연自然 중
너는 이 근처 와 살아라.

읽기 전에 생각하기 / 참 간결한 시로, 유언처럼 들리기도 하는데 그 내용이 짧아서 특이합니다. 생각해 보세요. 죽음을 앞둔 사람은 얼마나 할 말이 많겠습니까! 가슴에 차고 넘치는 말을, 할 말을 다 하면서도 이렇게 짧게 줄여 쓰는 것은 아무나 할 수 있는 일이 아닙니다. 죽음을 앞둔 화자가 가장 소중히 여기는 사람에게 들려 주는 마지막 말이라 생각하고 읽으면 가슴이 찡해집니다.

작품해설 / '나' 로 지칭하는 작중 인물은 아마도 죽음을 앞두고 있는 것 같습니다. 그게 아니라면 언젠가 죽을 때를 생각해 미리 남길 말을 적은 것이라 하면 됩니다. 어쨌든 이 시에서 '돌아간다' 는 말은 죽는다는 뜻입니다. 내가 죽으면 너는 와서 살으라 합니다. 여기서 너는 누구일까요? 죽음 앞에서 유일하게 말을 전하는 사람이니 화자가 이 세상에서 가장 소중하게 여기는 존재임

더 알아두기

'두고 가지 못할 차마 소중한 사람' 이란 구절은 문법적으로는 어색합니다. '차마' 는 부정의 맥락에서 쓰이는 부사이고 '애틋하고 안타까워서 감히 어찌' 라는 뜻이니 뒤에 오는 동사를 부정합니다. 따라서 이 구절은 '차마 두고 가진 못할 소중한 사람' 이란 뜻으로 새겨야 합니다. 그런데 왜 위치를 바꿨을까요? 원래대로 쓰면 죽을 때 데리고 간다는 말이 되기 때문입니다. 또한 이곳에 와서 살라고 세 번이나 말할 수 있는 것은 그곳이 정말로 좋은 곳이기 때문입니다. 과연 그런 곳이 있을까요? 이 시는 그런 곳을 만들겠다는 의지의 표현입니다. 신동엽 시의 일반적인 주제를 고려해 '이 근처' 를 지금과는 다른 새로운 세상으로 보는 이가 많습니다.

에 틀림없습니다. 그는 이 세상에 두고 가지 못할 정도로 소중한 사람이지만 데리고 갈 수는 없는 노릇입니다. 그래서 내가 가면 너는 와서 살라고 합니다. 그곳은 어디인가요? 바로 이 근처입니다. 이곳은 화자가 살던 곳일 텐데, 굳이 여기 와서 살라는 것으로 보아 살기 좋은 곳임이 분명합니다. 여기서 살면 묵은 순이 있던 자리에 새순이 돋듯 언제나 신선하고 순수하게 살 수 있습니다. 어째서 그럴 수 있을까요? 화자가 그렇게 만들었기 때문입니다. 가장 소중한 사람이 맑고 깨끗하게 살 수 있도록.

- 이렇게 짧게 말한 시인의 의도는 무엇일까요?
- 소중한 사람이 와서 살 곳은 어떤 모습을 갖추고 있어야 하는지 이야기해 봅시다.
- 이 말을 들은 사람의 심정은 어떠했을지 이 시를 읽어 본 후 상상해 봅시다.

오렌지 _신동집

오렌지에 아무도 손을 댈 순 없다.
오렌지는 여기 있는 이대로의 오렌지다.
더도 덜도 할 수 없는 오렌지다.
내가 보는 오렌지가 나를 보고 있다.

마음만 낸다면 나는
오렌지의 포들한 껍질을 벗길 수도 있다.
마땅히 그런 오렌지
만이 문제가 된다.

마음만 낸다면 나는
오렌지의 찹잘한 속살을 깔 수도 있다.
마땅히 그런 오렌지
만이 문제가 된다.

신동집(1924~2003)은 대구에서 태어나 서울대학교 정치학과를 졸업하였습니다. 지적이고 철학적인 사유에 바탕을 두고 인간과 자연과 존재의 본질적 의미를 탐구하는 경향의 작품을 주로 썼으며, 서구적인 감각과 동양적인 전통을 결합한 새로운 시적 표현 기교를 실험한 시인입니다.

그러나 오렌지에 아무도 손을 댈 순 없다.

대는 순간

오렌지는 이미 오렌지가 아니고 만다.

내가 보는 오렌지가 나를 보고 있다.

나는 지금 위험한 상태에 있다.

오렌지도 마찬가지 위험한 상태에 있다.

시간이 똘똘

배암의 또아리를 틀고 있다.

그러나 다음 순간,

오렌지의 포들한 거죽엔

한없이 어진 그림자가 비치고 있다.

오 누구인지 잘은 아직 몰라도.

읽기 전에 생각하기 / 오렌지를 대상으로 사물의 본질과 존재의 의미를 탐구한 작품입니다. 이런 유형의 작품은 일반적으로 본질적 의미 파악을 시도해 보지만 그것을 아는 것은 굉장히 어려운 일이라는 결론을 제시하는 경우가 대부분이고, 이 시 역시 그렇습니다. 본질적 의미의 내용은 어차피 시에 나오지 않으므로, 어떤 대상을 택해 어떤 방식으로 탐구를 시도해 보는지만 눈여겨보면 되겠습니다.

작품해설 / 시인은 지금 오렌지를 바라보고 있습니다. 이게 뭘까 하고 생각해 봅니다. 오렌지입니다. 그런데 오렌지란 것이 대체 무엇이며 이런 것이 왜 이 세상에 존재하는지 궁금합니다. 오렌지와 오렌지 아닌 것을 구별해 주는 기준은 무엇이며, 오렌지를 오렌지로 만들어 주는 것이 무엇인지도 생각해 봅니다.

더 알아두기

오렌지는 사물입니다. 사물이란 인간의 의식으로부터 독립해 바깥 세상에 객관적으로 실재하는 존재를 가리키며 존재란 이 세상에 있는 모든 것을 합쳐 부르는 말입니다. 본질은 사물 또는 개별 존재를 다른 것과 구별해 바로 그것으로 만들어 주는 요소나 성질을 뜻합니다. 이 시에서 오렌지는 하나의 사물로 존재의 사례를 이룹니다. 따라서 오렌지의 본질을 추구하는 행동은 존재의 본질을 탐구하는 행위의 실례가 됩니다. 존재의 본질 탐구에서 핵심이 되는 질문은 도대체 어떤 것을 이 세상에 있게 하는 것은 무엇이며, 왜 그것이 이 세상에 없지 않고 있느냐는 것입니다. 이것은 어쩌면 신을 포함한 절대자만이 알 수 있는 물음인지도 모릅니다. 그래서 본질을 알려는 행위를 위험하다고 하는 것입니다.

1연은 제일 대답하기 어려운 문제인 왜 오렌지가 없지 않고 있냐는 생각을 담고 있습니다. 2연과 3연은 일상적인 차원에서 오렌지의 의미를 다루고 있습니다. 오렌지는 껍질을 벗겨서 먹는 과일입니다. 즉, 오렌지는 속살을 깔 수 있는 과일인 것이지요. 일상생활에서는 그런 것만이 문제가 되고, 그런 것만이 오렌지의 의미를 이룹니다. 4연에는 일상적인 의미와 본질적인 의미의 구별이 제시되어 있습니다. 5연에서 시인은 오렌지의 본질적 의미를 추구하는 일은 위험하다고 말하고, 그런 탐구의 대상으로서 오렌지도 위험한 상태에 있다고 말합니다.

어쩌면 사람은 존재의 본질을 알려고 해서는 안 되며, 그것을 알게 되는 순간 인간과 사물이 모두 위험에 처하게 될지도 모릅니다. 오랜 세월에 걸쳐 인간은 존재의 본질을 추구해 왔지만 아직까지 그것은 알려지지 않았으니, 알려고 해 봤자 알 수 없는 것이거나 아니면 모르는 것이 좋은 것인지도 모르겠습니다. 6연에는 존재의 본질이 얼핏 알려질 듯 말 듯한 상황을 다루고 있습니다. 알았으면 시에다 썼을 텐데 그렇지 않으니 모르는 것도 같고, 아예 모르면 언급도 안 했을 텐데 또한 그렇지 않은 것으로 봐서 아는 것도 같습니다. 보기는 봤는데 잘은 아직 모른다는 말이 애매한 상황을 잘 표현하고 있습니다.

- 오렌지에 대해 알고 싶은 것이 대체 무엇일지 존재의 본질과 관련지어 생각해 봅시다.
- 오렌지에 손을 대면 오렌지가 아니라는 이유는 무엇일까요?
- 오렌지의 본질을 알려는 것이 왜 위험할까요?

그 먼 나라를 알으십니까 _신석정

어머니
당신은 그 먼 나라를 알으십니까?

깊은 삼림지대를 끼고 돌면
고요한 호수에 흰 물새 날고
좁은 들길에 야장미野薔薇 열매 붉어,

멀리 노루새끼 마음놓고 뛰어다니는
아무도 살지 않는 그 먼 나라를 알으십니까?

그 나라에 가실 때에는 부디 잊지 마셔요.
나와 같이 그 나라에 가서 비둘기를 키웁시다.

어머니
당신은 그 먼 나라를 알으십니까?

신석정(1907~1974)은 전라북도 부안에서 태어나 한문과 불전을 공부하고, 전주고등학교와 전북대학교 등에서 교편을 잡았습니다. 농촌에 살면서 자연 친화적인 시를 추구해 목가적 · 전원적 시인으로 불립니다.

산비탈 넌지시 타고 내려오면
양지밭에 흰 염소 한가히 풀 뜯고
길 솟는 옥수수밭에 해는 저물어 저물어
먼 바다 물소리 구슬피 들려오는
아무도 살지 않는 그 먼 나라를 알으십니까?

어머니 부디 잊지 마셔요.
그때 우리는 어린 양을 몰고 돌아옵시다.

어머니
당신은 그 먼 나라를 알으십니까?

오월 하늘에 비둘기 멀리 날고
오늘처럼 촐촐히 비가 내리면
꿩소리도 유난히 한가롭게 들리리다.
서리까마귀 높이 날아 산국화 더욱 곱고
노오란 은행잎이 한들한들 푸른 하늘에 날리는
가을이면 어머니! 그 나라에서

양지밭 과수원에 꿀벌이 잉잉거릴 때
나와 함께 고 새빨간 능금을 또옥 똑 따지 않으렵니까?

읽기 전에 생각하기 / 아름답고 평화로운 이상향에 대한 동경을 표현한 작품입니다. 현실과 멀리 떨어진 다른 세상을 노래했다는 점에서 보면 낭만적이라 할 수 있습니다. 또한 자연 세계를 이상향으로 설정했다는 점에서는 목가적 · 전원적이라 할 수도 있습니다. 이 시에서 추구하고 있는 세상은 자유롭고 평화로우며 순수하고 풍요로운데요, 이는 모두 현실과 반대됩니다.

작품해설 / 전체 10연으로 이루어졌으며 구조적으로 나누면 세 부분이 됩니다. 1연에서 4연과 5연에서 7연과 8연에서 10연이 각각 한 부분을 이룹니다. 각 부분은 모두 어머니에게 '먼 나라'를 아느냐고 묻는 말로 시작합니다. 여기서 멀다는 것은 현실과 다르다는 뜻입니다. 다음 단락에서는 이상향의 모습이 그려집니다. 세 부분에 나오는 풍경이 조금씩 다르기는 하나 한결같이 아름답고 평화롭고 고요한 모습입니다. 아름답고 평화롭고 고요한 세상에 대한

더 알아두기

평화롭고 풍요로운 삶을 파괴한 일제에 대한 비판이 이 시에 들어 있다고 보는 관점이 있는데, 전적으로 틀린 말은 아니지만, 그렇게 보면 주제의 폭이 너무 좁아집니다. 또한 식민지 지배를 비난하는 데 굳이 어머니와 단 둘이 살겠다고 해야 할 이유도 없어 보입니다. 어머니는 언제나 자애롭고 편안하고 순수한 존재의 표상인데요, 이 시에서 어머니는 실재의 인물이 아닌 이상적인 평화의 상징으로, 어머니와 화자의 관계는 일체의 인간적인 관계에 대한 거부를 내포합니다. 어머니와 함께 살게 될 먼 나라는 지금과 다른 인간 세계가 아니라 인간 세계 자체에 대립하는 자연 세계로 봐야 합니다.

동경을 그런 풍경으로 표현한 것이지요. 그 나라에는 아무도 살지 않는데, 꿈이 이루어져 이상향에 도달하게 되면 어머니와 화자, 이렇게 단 둘이 살게 될 것입니다. 이로 볼 때, 이 시에 표현된 자연 세계에 대한 동경은 인간 세계로부터의 도피에 바탕을 두고 있다고 하겠습니다.

- '그 먼 나라'는 우리와 얼마만큼 먼 거리에 있는지 추정해 봅시다.
- 어머니와 함께 가려는 이유에 대해 생각해 봅시다.
- 이 시에 나오는 동물들 간에 공통점에는 어떤 것이 있는지 찾아봅시다.

들길에 서서 _신석정

푸른 산이 흰 구름을 지니고 살 듯
내 머리 위에는 항상 푸른 하늘이 있다.

하늘을 향하고 산삼山森처럼 두 팔을 드러낼 수 있는 것이 얼마나 숭고한 일이냐.

두 다리는 비록 연약하지만 젊은 산맥으로 삼고
부절不絶히 움직인다는 둥근 지구를 밟았거니…….

푸른 산처럼 든든하게 지구를 디디고 사는 것은 얼마나 기쁜 일이냐.

뼈에 저리도록 생활은 슬퍼도 좋다.
저문 들길에 서서 푸른 별을 바라보자.

푸른 별을 바라보는 것은 하늘 아래 사는 거룩한 나의 일과이어니…….

읽기 전에 생각하기 / 신석정의 시를 낭만적이라 하는 까닭은 현실과 반대되는 이상에 대한 추구가 강하게 드러나기 때문입니다. 이 시 역시 낭만적 동경을 드러낸 작품으로, 슬프고 암담한 현실을 극복하려는 의지가 선명하게 표출되어 있습니다.

작품해설 / 푸른 산 위에는 구름이 있고, 내 머리 위에는 하늘이 있습니다. 구름은 희고 하늘은 푸르릅니다. 나는 산을 보고 자신의 삶의 태도에 대해 생각합니다. 하늘을 향해 가지를 뻗은 산림처럼 나도 두 팔을 들어 하늘을 지향하며 살아갑니다. 하늘은 화자가 꿈꾸는 이상을 의미하며, 푸른색은 이상의 아름다움과 순수함을 표현합니다. 이같은 이상의 추구는 바람직한 것이기는 하지만 현실의 조건을 감안하지 않을 경우 자칫 허황된 공상이 될 수도 있습니다. 이 시는 이상의 추구가 현실에 바탕을 두고 있음을 분명히 보여줍니다. 비록 연약한 두 다리지만 굳건하게 지구를 밟고 있고, 그런 사실을 기쁨으로 여

더 알아두기

이상을 추구하는 태도는 숭고하고 거룩합니다. 하지만 현실 생활은 힘들고 슬픕니다. 이렇게 보면 이상과 현실은 완전히 대립돼 현실을 돌아볼 필요가 없어집니다. 무조건 이상만 추구하면 되는 일이죠. 하지만 힘들고 슬픈 생활에 대한 시인의 태도가 개입해 이상과 현실의 대립을 완화하고, 양자를 하나로 연결합니다. 현실은 힘들고 슬프지만 그렇게라도 살아 있다는 것은 기쁘고 좋은 일입니다. 현실이 없다면 존재도 없고, 존재가 없다면 이상도 있을 수 없으므로, 현실을 소중히 생각하는 태도가 역설적으로 이상의 추구를 가능케 합니다.

깁니다. 지구를 밟는다는 말에는 현실을 무시하지 않고 이상을 동경한다는 뜻이 포함되어 있습니다. 현실은 물론 고통스럽고 슬픕니다. 하지만 이상이 있음으로 해서 그것은 참고 견딜 만한 것이 됩니다.

- '하늘' 과 '별' 은 서로 통하는 것일까요?
- 별이 보이는 현실이란 무엇을 의미하는 것인지 이야기해 봅시다.
- 지구를 딛고 사는 일이 기쁜 일이라는 것이 상징하는 바는 무엇일까요?

꽃덤불 _신석정

태양을 의논議論하는 거룩한 이야기는
항상 태양을 등진 곳에서만 비롯하였다.

달빛이 흡사 비오듯 쏟아지는 밤에도
우리는 헐어진 성城터를 헤매이면서
언제 참으로 그 언제 우리 하늘에
오롯한 태양을 모시겠느냐고
가슴을 쥐어뜯으며 이야기하며 이야기하며
가슴을 쥐어뜯지 않았느냐?

그러는 동안에 영영 잃어버린 벗도 있다.
그러는 동안에 멀리 떠나버린 벗도 있다.
그러는 동안에 몸을 팔아버린 벗도 있다.
그러는 동안에 맘을 팔아버린 벗도 있다.

그러는 동안에 드디어 서른여섯 해가 지나갔다.

다시 우러러보는 이 하늘에

겨울밤 달이 아직도 차거니

오는 봄엔 분수噴水처럼 쏟아지는 태양을 안고

그 어느 언덕 꽃덤불에 아늑히 안겨 보리라.

읽기 전에 생각하기 / 신석정의 시는 일반적으로 전원적이고 목가적이고 낭만적인데, 이 시는 성격이 아주 다릅니다. 식민지 시대가 끝나고 해방을 맞은 기념으로 쓴 작품이라 현실적이고 정치적인 시각이 전면에 드러나 있습니다. 상징적 표현을 현실적 사건으로 치환해 의미를 파악해야 합니다.

작품해설 / 시작詩作의 동기가 4연에 잘 나타나 있습니다. 서른여섯 해는 식민지 지배를 당했던 햇수입니다. 일제 36년이 지나고 해방이 되었습니다. 시인은 그 시점에서 과거를 돌이켜 보고 미래를 내다봅니다. 1연의 태양은 광복의 상징입니다. 광복은 빛을 되찾는 것이며 반대로 일제 치하는 어둠이었습니다. 2연의 헐어진 성터는 빼앗긴 나라를 나타냅니다. 성은 나라를 지키기 위해 쌓는 것이지요. 3연에는 식민지 시대의 참담한 삶의 양상이 차례로 나열되어

더 알아두기

태양을 등진 곳은 어둡기 마련입니다. 일제 시대에 광복에 대한 논의는 어두운 곳에서 비밀로 해야만 했습니다. 국민은 적의 침입을 막기 위해 쌓은 성이 다 허물어져버린 나라 안을 방황해야 했습니다. 오롯하다는 말은 온전하다는 뜻이며 가슴을 쥐어 뜯는다는 말과 이야기한다는 말을 반복한 것은 간절하고 절실한 심정을 강조하기 위해서입니다. 영영 잃어버린 것은 죽음, 멀리 떠난 것은 이주와 유랑, 몸을 파는 것은 굴복과 복종, 맘을 파는 것은 타협과 변절을 나타냅니다. 해방 이후를 겨울밤에 비유한 것은 다시 찾은 나라가 좌 · 우익으로 분열돼 둘로 갈릴 지경에 처했기 때문입니다. 시인의 염려처럼 결국 갈등과 대립은 봉합되지 못하였습니다. 마지막에서 말한 소망이 아직도 이뤄지지 않은 것이 안타까운 우리의 현실입니다.

있습니다. 이제 드디어 광복이 되었습니다. 하지만 상황이 좋지는 않습니다. 5연은 광복 후에 해당하나 아직도 겨울이고 밤입니다. 이는 광복 후 혼란과 갈등에 빠진 나라 사정을 지적한 표현입니다. 진정한 해방은 아직도 미래의 일인 것이지요. 시인은 그것을 분수처럼 쏟아지는 태양과 수풀처럼 우거져 아늑한 꽃덤불에 비유하였습니다.

- 태양을 의논하는 것이 상징하는 것이 무엇인지 역사적 상황과 관련하여 말해봅시다.
- 성은 나라를 지키기 위해 쌓는 것인데 결국 허물어졌습니다. 그 이유에 대해 생각해 봅시다.
- 결국 일제 36년이 지나고 해방이 되었습니다. 그런데도 시인은 아직도 겨울밤이라고 합니다. 그 이유는 무엇일까요?

그날이 오면 _심훈

그날이 오면, 그날이 오면은
삼각산*이 일어나 더덩실 춤이라도 추고
한강물이 뒤집혀 용솟음칠 그날이
이 목숨이 끊기기 전에 와 주기만 할 양이면
나는 밤하늘에 날으는 까마귀와 같이
종로의 인경*을 머리로 들이받아 울리오리다.
두개골은 깨어져 산산조각이 나도
기뻐서 죽사오매 오히려 무슨 한恨이 남으오리까.

그날이 와서, 오오 그날이 와서
육조六曹* 앞 넓은 길을 울며 뛰며 딩굴어도
그래도 넘치는 기쁨에 가슴이 미어질 듯하거든

● 심훈(1901~1936)은 소설가로 유명하지만 시도 쓰고 연극과 영화를 만들기도 하였습니다. 본명은 대섭이고 호는 해풍이며 경성제일고등보통학교 재학 중 3 · 1 운동에 참가했다 체포되어 넉 달 동안 복역하였다가 그 후 중국으로 건너가 항저우 치장대학에서 극문학을 공부한 후 귀국해 연극 단체를 조직해 활동하였습니다. 한편으로는 영화 대본을 써 감독을 하고, 배우로 출연하기도 하였습니다. 소설로는 『상록수』가 유명하며, 민족의식과 애국정신이 투철한 인물이라 할 수 있습니다.

드는 칼로 이 몸의 가죽이라도 벗겨서
커다란 북을 만들어 들쳐메고는
여러분의 행렬(行列)에 앞장을 서오리다.
우렁찬 그 소리를 한번이라도 듣기만 하면
그 자리에 거꾸러져도 눈을 감겠소이다.

● 삼각산 : 북한산.
종로의 인경 : 큰 종을 울려 시간을 알리던 시계로 여기서는 해방의 소식을 알리는 도구를 뜻함.
육조 : 조선시대에 나랏일을 맡아보던 관청.

읽기 전에 생각하기 / 이 작품은 나라 잃은 시대에 씌어진 유명한 저항시로 식민지 지배를 타파하고 민족 해방을 이룩하고자 하는 염원을 강하게 표출하였습니다. 또한 작품 속에 격정과 환희가 넘치는데요, 이처럼 격렬한 어조가 읽는 이를 흥분시킵니다. 표현도 표현이지만 이런 주제로 시를 쓴 것 자체가 시인의 투철한 애국심을 나타낸 대단한 작품으로 평가됩니다.

작품해설 / 여기서 '그날' 은 빼앗긴 나라를 되찾는 날을 말합니다. 바로 민족 해방의 날이죠. 그리고 시인은 그날이 오면 얼마나 좋을지를 강렬하게 노래합니다. 해방이 되면 산도 춤추고 강도 용솟음칠 것입니다. 이는 실제로 그런 것이 아니라 그 정도로 기쁠 것이라는 뜻입니다. 심지어 나는 기뻐 죽을 것인데, 그것도 해방의 소식을 알리기 위해 큰 종을 머리로 들이받고 머리가 깨져 죽을 것입니다. 또한 넘치는 기쁨에 가슴이 터질듯하고, 그렇다면 잘 드는 칼로 내 몸의 가죽을 벗겨 큰 북을 만들어 울릴 것입니다. 머리가 깨져 죽어도 가죽이 다 벗겨져 죽어도 그날이 오기만 한다면 아무 한도 없을 것 같은 마음

더 알아두기

표현이 너무 과격하다 할 수도 있습니다. 머리가 깨진다거나 가죽을 벗긴다는 말은 지나치게 극단적이라 볼 수도 있습니다. 하지만 그 정도로 말해야 표현할 수 있는 염원이었음을 인정하지 않을 수 없습니다. 민족 해방을 위한 갈망이 너무나 강렬해 표현이 격렬해졌지만, 주제를 생각하면 시적으로는 오히려 훌륭한 표현입니다.

을 노래하였습니다.

- 시로서는 표현이 너무 과격한 것이 아닐까라는 생각이 듭니다. 이런 어조로 말한 시인의 심정에 대해 생각해 봅시다.
- 가장 기쁜 순간에 죽음에 대해 말하는 이유는 무엇일까요?
- 여기서 '여러분'이 상징하는 사람은 누구인지 말해 봅시다.

프란츠 카프카 _오규원

—MENU—

샤를르 보들레르*	800원
칼 샌드버그*	800원
프란츠 카프카*	800원
이브 본느프와*	1,000원
에리카 종*	1,000원
가스통 바슐라르*	1,200원
이하브 핫산*	1,200원
제레미 리프킨*	1,200원
위르겐 하버마스*	1,200원

● 오규원(1941～)은 경상남도 밀양에서 태어나 동아대학교 법학과를 졸업하였습니다. 전통적 양식이나 관습적 정서에 얽매이지 않는, 자유로운 감수성과 상상력을 바탕으로 내용이나 주제의 전달보다는 형식과 구조의 창조를 중시하는 작품 세계를 보여주고 있습니다. 현재 서울예술대학 문예창작과 교수로 있습니다.

시를 공부하겠다는

미친 제자와 앉아

커피를 마신다.

제일 값싼

프란츠 카프카.

샤를르 보들레르 : 프랑스의 시인.
칼 샌드버그 : 미국의 시인.
프란츠 카프카 : 독일의 작가.
이브 본느프와 : 프랑스의 시인.
에리카 종 : 미국의 작가.
가스통 바슐라르 : 프랑스의 철학자.
이하브 핫산 : 미국의 문학비평가.
제레미 리프킨 : 미국의 철학자.
위르겐 하버마스 : 독일의 철학자 겸 사회학자.

읽기 전에 생각하기 / 자본주의의 발달로 물질 만능주의가 세상을 지배하는 상황에서 정신적 가치마저 경제적 상품으로 환원시키는 현상을 자조적으로 풍자한 작품입니다. 주제는 현대 사회를 비판할 때 늘 등장하는 것이므로 새로울 것이 없는데요, 표현하는 형식이 독특합니다. 그래서 주제를 다시 한 번 생각해 보게 하죠.

작품해설 / 이 시의 전반부는 커피숍의 차림표 형식으로 되어 있습니다. 커피 종류가 나오고 값이 적혀 있는데, 이름이 독특합니다. 이는 모두 사람 이름으로, 모두가 세계적인 작가와 철학자입니다. 문학과 철학은 정신적 가치를 창조하는 분야인데, 현대 사회는 거기에도 경제적 논리를 적용시킵니다. 상품에 의해 상품이 생산되고 그 상품을 팔아 상품을 사는 사회에서는 정신의 산물 또한 상품이 되는 운명을 피할 수 없습니다. 그리하여 학문과 사상과 도덕과 예술은 이제 영원히 저장되지 않고 순간적으로 소비되어 버립니다. 시의 후반부에서 시인은 시를 공부하겠다는 제자와 커피를 마십니다. 선생은 제자를 미쳤다고 규정합니다. 정신적 가치가 상품으로 팔리는 시대에, 더군다나 잘 팔리지도 않는 시를 공부하겠다고 하기 때문입니다. 둘이 마시는 커피는 프란츠 카프카로 800원짜리입니다. 커피는 기호식품으로, 먹어도 배가 부르지 않고 건강에 좋은 것도 아니니 이 시대의 소비문화를 대표하기에 적절합니다.

- 차림표 형식으로 시를 쓴 이유를 당시의 시대 상황과 연관지어 생각해 봅시다.
- 외국 사람 이름만 나오는 이유는 무엇일까요?
- 선생이 제자를 미쳤다고 합니다. 이렇게 말할 수밖에 없었던 이유에 대해 말해 봅시다.

겨울 노래 _오세영

산자락 덮고 잔들
산이겠느냐.
산 그늘 지고 산들
산이겠느냐.
산이 산인들 또 어쩌겠느냐.
아침마다 우짖던 산까치도
간 데 없고
저녁마다 문살 긁던 다람쥐도
온 데 없다.
길 끝나 산에 들어섰기로
그들은 또 어디 갔단 말이냐.
어제는 온종일 진눈깨비 뿌리더니
오늘은 하루 종일 내리는 폭설暴雪
빈 하늘 빈 가지엔

● 오세영(1942~)은 전라남도 영광에서 태어나 서울대학교 국문과와 동 대학원을 졸업하였습니다. 감각적인 언어와 지적인 상상력을 통해 존재의 의미와 실존의 의의를 추구하는 시인으로, 동양 사상에 바탕을 두고 삶의 진리를 조명하는 철학적인 작품 세계를 보여주고 있습니다.

홍시 하나 떨 뿐인데

어제는 온종일 난蘭을 치고

오늘은 하루 종일 물소릴 들었다.

산이 산인들 또

어쩌겠느냐.

읽기 전에 생각하기 / 이 시는 생활이나 자연이나 사건을 제재로 한 것이 아니고 오로지 관념만을 표현했기 때문에 어렵게 느껴질 수도 있습니다. 게다가 이 시는 불교의 교리에 바탕을 두고 있는데요, 철학적이고 사상적이고 종교적인 진리를 시로 표현하고 있으니 난해함이 배가될 수밖에 없습니다. 우리가 보는 것, 듣는 것, 아는 것, 겪는 것이 다 절대적일 수 없다는 사고가 내용의 핵심을 이룹니다.

작품해설 / 산이 산이 아니라는 말로 시작해 산이 산이라는 말로 끝납니다. 그렇게 생각이 변하는 과정이 본문에 서술되어 있습니다. 화자는 지금 산에 들어와 '도대체 산이란 것이 무엇인가' 하는 생각을 하고 있습니다. 산자락을 덮고 자면 그것이 산일까요? 아닌 것 같습니다. 여기에서 산자락을 덮고 잔다는 것은 산자락에서 잔다는 뜻으로 보면 되겠습니다. 그러면 산그늘을 지고 살면 그것이 산일까요? 역시 아닌 것 같습니다. 내가 경험해 알고 있는 산이

더 알아두기

어떤 식으로 풀어도 이 시의 의미는 분명해지지 않습니다. 모든 것이 불분명하고 부정확하고 불확실하며 불완전하다는 것이 이 시가 말하고자 하는 바입니다. 그런 뜻을 전하려니 시의 표현도 그렇게 될 수밖에 없습니다. 산이 산이냐 아니냐 하는 물음은 시인이 지어낸 것이 아니고 옛날부터 선불교의 화두로 전해오는 것으로 산은 산이고 물은 물인 동시에 산은 산이 아니고 물은 물이 아니라는 말이 널리 알려져 있습니다.

산의 전부일까요? 그럴 수도 있고 아닐 수도 있는데, 어느 쪽이 정답인지는 알기 어렵습니다. 아침마다 산까치가 울고 저녁마다 다람쥐가 와서 문살을 긁었는데 이상하게도 오늘은 그러지 않습니다. 그 소리가 들리다가 안 들리는 이유는 무엇일까요? 모를 일입니다. 어느 것이 정상이고 어느 것이 비정상인지도 모르겠습니다. 어제는 진눈깨비가 뿌리더니 오늘은 폭설이 옵니다. 왜 그럴까요? 역시 모를 일입니다. 어제는 온종일 난을 쳤는데 오늘은 하루 종일 물소리만 들었습니다. 과연 어떻게 하는 것이 옳은 일일까요? 모를 일입니다. 이런 식으로 대답하기 어려운 문제와 분간하기 어려운 대답이 작품 전체에 이어집니다. 이 물음을 종합하면 우리가 도대체 무엇을 알 수 있는 것이며, 안다 한들 그것이 옳은지 그른지를 또 어찌 알 것인가 하는 질문이 될 것인데, 이 시는 질문만 할 뿐 대답하지는 않습니다.

- 제목을 '노래'라 한 이유에 대해 생각해 봅시다.
- 화자는 이 겨울에 산에 갔습니다. 화자가 찾으려고 하는 것과 '산'이라는 장소는 어떤 관계가 있는지 유추해 봅시다.
- 산과 아닌 것에는 어떤 차이가 있을까요?

그릇 1 _오세영

깨진 그릇은
칼날이 된다.

절제節制와 균형均衡의 중심에서
빗나간 힘
부서진 원圓은 모를 세우고
이성理性의 차가운
눈을 뜨게 한다.

맹목盲目의 사랑을 노리는
사금파리여.
지금 나는 맨발이다.
베어지기를 기다리는
살이다.
상처 깊숙이서 성숙하는 혼魂

깨진 그릇은
칼날이 된다.
무엇이나 깨진 것은
칼이 된다.

읽기 전에 생각하기 / 이 시는 철학적인 사고를 비유를 통해 형상화한 작품입니다. 그릇과 칼날은 단순한 사물이 아니라 개념의 비유이므로, 그것들이 표상하는 개념의 의미를 우선적으로 이해하는 것이 필요합니다.

작품해설 / 유리그릇이나 사기그릇은 깨지면 칼날처럼 날카로운 파편이 되어 사람을 해칩니다. 그래서 깨지기 전에는 그릇이지만 깨진 후에는 칼날이 됩니다. 시인은 그릇은 좋아하고 칼날은 싫어합니다. 그릇은 비어 있어 다른 것을 받아들여 간직하지만 칼날은 다른 것을 해치고 상하게 하기 때문입니다. 이 정도면 아주 현실적인 이야기가 되겠는데요, 시인은 여기다 철학적인 의미를 부여합니다. 철학적인 의미를 표현하기 위해 그릇과 칼날을 동원했다고 봐도 상관없습니다. 이 시에서 그릇은 절제와 균형의 상징입니다. 절제란 정도에 넘지 않도록 알맞게 조절해 제한한다는 뜻이니 그릇이 가진 성질의 하나라

더 알아두기

이성은 우리의 삶과 세상을 유지하는 데 꼭 필요한 것이지만 인생에는 이성으로 해결할 수 없는 부분이 엄연히 존재하기 마련입니다. 맹목적인 사랑이 대표적인 예입니다. 무릇 사랑의 감정을 이성으로 처리할 수는 없는 일이지요. 이 시에 나타난 이성에 대한 반감은 모든 일은 이성으로 처리하려는 태도에 대한 반감이지 이성 자체에 대한 반감은 아닙니다. 그렇지 않다면 이성에 반대하는 절제와 균형도 이성처럼 독선적인 것이 됩니다. 이성의 칼날에 벤 상처 깊숙이에서 혼이 성숙한다는 말은 이성의 한계를 경험을 통해 체득함으로써 정신적인 성숙이 이루어진다는 뜻입니다. 절제와 균형을 중시하는 것은 동양의 중용사상이고, 이성을 중시하는 것은 서양의 합리주의 사상입니다.

볼 수 있죠. 언제나 그릇은 너무 많이 담으면 넘치기 마련입니다. 균형은 어느 한쪽으로 기울거나 치우치지 아니 하고 고른 상태입니다. 균형을 유지할 수 있어야 다른 것을 담고도 똑바로 서 있을 수 있습니다. 이것 역시 그릇이 지닌 성질로 볼 수 있습니다. 그릇이 깨진다는 것은 절제와 균형을 잃는 것이고, 다른 것을 수용하고 포용하는 상태에서 다른 것과 대립하고 투쟁하는 관계로 변하는 것을 뜻합니다. 그릇에 절제와 균형의 미덕을 부여한 것과 같은 맥락에서 시인은 칼날을 통해 이성의 문제점을 지적합니다. 차가운 이성은 조화와 화해를 무시하고 다른 모든 것에 자신의 기준을 강요하고, 자기 기준에 어긋나는 것을 비이성적이라 무시하고 제거합니다. 그런 사정을 이 시에서는 칼에 발을 벤다고 표현하였습니다.

- 그릇을 절제와 균형의 상징으로 보는 시인의 의도에 대해 생각해 봅시다.
- 과연 칼날 같은 사금파리를 이성의 표상으로 볼 수 있을까요?
- 차가운 이성으로 해결할 수 없는 일에는 어떤 것이 있는지 실제 생활 속에서 그 예를 찾아봅시다.

바위 _유치환

내 죽으면 한 개 바위가 되리라.

아예 애련愛憐에 물들지 않고

희로喜怒에 움직이지 않고

비와 바람에 깎이는 대로

억년億年 비정非情의 함묵緘默에

안으로 안으로만 채찍질하여

드디어 생명도 망각하고

흐르는 구름

머언 원뢰遠雷

꿈 꾸어도 노래하지 않고

두 쪽으로 깨뜨려져도

소리하지 않는 바위가 되리라.

※ 유치환(1908~1967)은 희곡작가 유치진의 동생으로, 호는 청마이며 경상남도 통영에서 태어나 연희전문학교를 다니다가 중퇴하였습니다. 주로 직설적인 표현과 남성적인 어조로 철학을 주제로 한 시를 써서 그 분야의 독자적인 경지를 개척하였습니다. 또한 자연에 관심을 두고 동양 사상적인 이념을 추구해 인간 세계의 허무를 극복하려는 의지를 보여줬다고 평가받고 있습니다.

읽기 전에 생각하기 / 유치환을 흔히 의지의 시인이라 합니다. 인간의 정신은 이성과 감정과 의지로 이루어져 있다고 하는데요, 감정의 표현을 중시하는 다른 시인들과 달리 유치환은 의지의 표출을 주된 시작詩作 동기로 삼았습니다. 이 시에서 유치환은 자신이 원하는 존재에 이르기 위한 강인한 의지를 단호한 말투로 제시하고 있습니다.

작품해설 / 우리는 죽고 나서 무엇이 될까요? 사람이라면 누구나 가져보는 이런 질문에 유치환은 바위라고 대답합니다. 그렇다면 바위가 되고자 하는 이유는 무엇일까요? 이 시에 따르면 바위는 인간적인 모습을 초월한 절대적인 존재입니다. 바위는 사랑하거나 가여워하는 마음이 없고, 웃거나 화내는 일도 없습니다. 모든 것을 그저 말없이 참고 견뎌낼 뿐이죠. 또한 삶에 연연하지 않고, 세상일에 관심도 없습니다. 바라는 바가 있어도 드러내지 않고, 죽어도 소리 내지 않죠. 이것이 바로 시인이 바위가 되고자 하는 이유입니다.

더 알아두기

애련은 애정과 연민이고 희로는 기쁨과 노여움을 뜻합니다. 또한 비정은 바위의 특성을 집약한 말입니다. 함묵은 입을 다물고 말을 하지 않는 것입니다. 생명조차 망각한 바위에게 흘러가는 구름이나 원뢰처럼 멀리서 울리는 천둥소리는 아무런 자극이 되지 못합니다. 이런 태도를 가리켜 초월적, 달관적, 초탈적이라 합니다.

- 시인이 바위가 되려는 이유에 대해 생각해 봅시다.
- 만약 바위 같은 사람을 우리 역사 속 인물 중에서 찾아본다면, 누구일까요?
- 사람은 바위하고 어떻게 다른지 그 차이점을 이야기해 봅시다.

일월日月

_유치환

나의 가는 곳
어디나 백일白日이 없을소냐.

머언 미개未開적 유풍遺風을 그대로
성신星辰과 더불어 잠자고

비와 바람을 더불어 근심하고
나의 생명과
생명에 속한 것을 열애熱愛하되
삼가 애련哀憐에 빠지지 않음은
그는 치욕恥辱임일레라.

나의 원수와
원수에게 아첨하는 자에겐
가장 좋은 증오憎惡를 예비하였나니.

마지막 우러른 태양이
두 동공瞳孔*에 해바라기처럼 박힌 채로

내 어느 불의不義에 짐승처럼 무찔리기로

오오, 나의 세상의 거룩한 일월에
또한 무슨 회한悔恨인들 남길소냐.

• 동공 : 눈동자.

읽기 전에 생각하기 / 유치환은 1940년에 일제의 탄압을 피해서 가족을 이끌고 만주로 이주한 경험이 있습니다. 이 시는 당시에 느낀 분노와 고독을 노래한 작품 중의 하나입니다. 이 작품의 격렬한 어조와 비장미에는 시대적 상황과 개인적 처지가 잘 반영되어 있습니다.

작품해설 / 이 시의 주제는 불의에 대한 증오와 원수에 대한 대결의 의지입니다. 시인이 지향하는 바는 제목에 나타난 대로 해와 달입니다. 이는 원수가 사라지고 정의가 바로 서는 광명의 세계를 나타내며 이에 대한 강력한 의지는 장중하고 엄숙한 말투에 잘 나타납니다. 시인의 현재 처지는 마치 미개인처럼 참담합니다. 추운 곳에서 잠자고 비와 바람을 맞고 있습니다. 이 모든 것은 바로 원수 때문입니다. 원수와 원수에게 아첨하는 자는 모두 불의에 속하고, 그

더 알아두기

시인의 현재 처지는 바람을 먹고 이슬에 잠잔다는 뜻으로 객지에서의 고통을 나타내는 '풍찬노숙風餐露宿' 이란 고사성어가 어울립니다. 이 시에서 백일은 밝게 빛나는 해로 일월과 마찬가지로 의지의 지향점을 상징합니다. 끝에서 두 번째 연에 나오는 태양도 같은 의미입니다. 유풍이란 예로부터 전해오는 풍속이며 미개적 유풍이란 말은 만주에서의 험한 고생을 나타냅니다. 생명을 열애하되 애련에 빠지지 않아야 하는 것은 인간적인 감정에 치우쳐 큰일을 그르치지 않기 위해서입니다. 불의不意는 미처 생각하지 않았다는 말로 정의의 반대말인 불의不義와는 한자도 다르고 그 의미도 다릅니다. 즉, 불의에 무찔린다는 것은 생각지도 않은 일로 죽게 된다는 말입니다.

에 대한 증오는 정의의 실현을 위한 방책입니다. 고난을 딛고 일어서 정의를 이루기 위해서 시인은 생명과 삶을 열렬히 사랑하되 감정에 몰입해서는 안 된다고 말합니다.

- 일월, 백일, 태양을 지향하는 것으로 볼 때 현재 시인의 처지는 어떠한지 상상해 봅시다.
- 열애하되 애련에 빠지지 않는다는 말은 무엇을 의미할까요?
- 결국 원수를 어떻게 하고자 하는지 작품의 주제와 연관지어 말해 봅시다.

서시序詩 _윤동주

죽는 날까지 하늘을 우러러

한 점 부끄럼이 없기를,

잎새에 이는 바람에도

나는 괴로워했다.

별을 노래하는 마음으로

모든 죽어 가는 것을 사랑해야지.

그리고 나한테 주어진 길을

걸어가야겠다.

오늘 밤에도 별이 바람에 스치운다.

윤동주(1917~1945)는 북간도 명동촌에서 태어났습니다. 어릴 때부터 기독교 장로였던 할아버지의 영향을 많이 받고 자랐으며 명동소학교와 중국인관립학교를 졸업하고 용정의 은진중학교와 평양의 숭실중학교를 거쳐 서울 연희전문학교에 입학하였습니다. 1942년 일본으로 유학을 가서 리쿄대학 영문과에 입학했다가 도시샤대학으로 옮겨서 그 이듬해인 1943년 항일운동 혐의로 체포되어 규슈 후쿠오카 형무소에서 복역하던 중 1945년에 옥사하였습니다. 기독교 정신을 바탕으로 나라 잃은 청년의 순결한 자의식을 시로써 표현한 시인으로 현재 연세대학교에 시비가 모셔져 있습니다.

읽기 전에 생각하기 / 이 시는 윤동주가 시집의 서문으로 삼고자 한 작품입니다. 그는 연희전문학교를 졸업할 무렵에 시집을 내고자 했는데 결국 뜻을 이루지 못하고 세상을 떠났습니다. 윤동주 시의 전체적인 주제인 부끄러움과 괴로움과 사랑 그리고 소명 등이 이 시 하나에 모두 집약되어 있습니다.

작품해설 / 이 시에는 젊은 시인의 삶의 자세에 대한 성찰과 다짐이 솔직하게 나타나 있습니다. 자신이 처한 시대에 어떻게 살아야 하는지에 대한 고민과 결의를 고백의 형식으로 표현했습니다. 전체 2연으로 된 시는 크게 세 부분으로 나누어집니다. 1행에서 4행까지는 지금까지 자신이 살아온 삶의 자세에 대한 고백으로 지금까지 그는 하늘을 우러러 한 점 부끄러움 없이 살기를 바랐습니다. 5행에서 8행까지는 앞으로 삶의 태도에 대한 결의로 살아 있는 모든 것을 사랑하며, 자신에게 주어진 사명을 기꺼이 따를 것임을 다짐합니다.

더 알아두기

잎새에 이는 바람에도 괴로워했다는 고백은 죽는 날까지 하늘을 우러러 한 점 부끄러움 없이 살기를 바랐다는 소망에 대한 반성입니다. 한 치의 부끄러움도 없이 살고자 했으나 결국 그렇지 못했다는 말입니다. 특별히 부끄러운 일을 저질렀기 때문이 아니라 해야 할 일을 하지 못해서 부끄럽고 괴롭다는 것입니다. 여기서 별은 시인의 희망이자 이상입니다. 나에게 주어진 길은 기독교식으로 얘기하면 소명입니다. 마지막 줄의 바람은 결심을 실행하고 소망을 실현하는 데 방해가 되는 현실적 시련을 나타냅니다.

- 사람이 과연 한 점 부끄러움도 없이 살 수 있을까요?
- 잎새에 이는 바람에 괴로워하는 이유를 시인이 처한 상황과 관련지어 유추해 봅시다.
- 나에게 주어진 길을 알 수 있는 방법은 무엇인지 생각해 봅시다.

쉽게 씌어진 시詩

― 윤동주

창窓 밖에 밤비가 속살거려
육첩방六疊房은 남의 나라,

시인詩人이란 슬픈 천명天命인 줄 알면서도
한 줄 시를 적어 볼까,

땀내와 사랑내 포근히 품긴
보내 주신 학비 봉투學費封套를 받아

대학大學 노트를 끼고
늙은 교수教授의 강의講義 들으러 간다.

생각해 보면 어린 때 동무를
하나, 둘, 죄다 잃어버리고

나는 무얼 바라
나는 다만, 홀로 침전沈澱하는 것일까?

인생人生은 살기 어렵다는데
시가 이렇게 쉽게 씌어지는 것은
부끄러운 일이다.

육첩방은 남의 나라
창 밖에 밤비가 속살거리는데,

등불을 밝혀 어둠을 조금 내몰고,
시대처럼 올 아침을 기다리는 최후最後의 나,

나는 나에게 작은 손을 내밀어
눈물과 위안慰安으로 잡는 최초의 악수握手.

읽기 전에 생각하기 / 이 시는 시인이 일본 유학중이던 1942년에 씌어졌습니다. 식민지 지배국인 일본에 건너와 홀로 생활하며 느낀 스스로의 삶에 대한 성찰과 번민이 시의 주된 내용을 이룹니다. 나는 누구이며, 무엇인지에 대한 성찰인지에 주목하며 읽어야 합니다.

작품해설 / 비 오는 밤, 창 밖에서 들리는 빗소리를 들으며 시인은 이곳이 남의 나라임을 생각하며, 한 편의 시를 적습니다. 부모님이 힘들여 마련한 학비를 받아 대학에 다니지만 학교에서 배우는 내용이 만족스럽지는 않습니다. 나는 무엇을 위해 친구들과도 헤어진 채 이곳에서 홀로 우울하게 살고 있는 것일까요? 이런 생각을 시로 쓰고 있는 자신이 부끄럽습니다. 인생은 살기 어려운데 시가 쉽게 씌어지는 것이 부끄러운 것입니다. 하지만 그렇다고 살지 않

더 알아두기

여기서 육첩방은 다다미 여섯 장을 깐 방으로 다다미는 마루방에 까는 일본식 돗자리를 말합니다. 남의 나라에 건너와 있으니 방안에 있어도 낯설고 불편하고 부자연스럽습니다. 시인이 슬픈 천명인 것은 시를 쓰지 않을 수도 없고, 쓴다 해도 세상 형편이나 삶의 모습에 별다른 영향을 미치지 못하기 때문입니다. 늙은 대학 교수의 강의는 젊은 시인이 고민하는 현실적인 문제를 해결해주지 못할 뿐입니다. 침전은 액체 속에 있는 물질이 밑바닥에 가라앉듯 기분이 가라앉는 것을 말합니다. 인생을 사는 일보다 시 쓰는 일이 쉬울 것임은 자명한 일입니다. 그것을 부끄러워하는 것은 시인이 시를 인생과 같이 엄숙하고 소중하게 여기기 때문입니다. 시대처럼 올 아침에는 시인의 개인적인 번민이 말끔히 사라질 뿐만 아니라 어두운 시대가 막을 내리고 새로운 시대가 열릴 것입니다.

을 수도 시를 쓰지 않을 수도 없습니다. 한편으로는 자신이 하는 일로 이 세상의 어둠을 한꺼번에 없앨 수는 없지만 그것을 조금은 밝힐 수 있다는 생각이 듭니다. 마지막에는 부끄러움을 느끼는 나의 의식과 최소한의 희망을 주는 또 다른 자의식이 하나로 합쳐집니다. 이는 시대의 상황과 삶의 모습에 괴로워하는 자신을 스스로 위로하는 것이지요.

- 남의 나라 낯선 방에서 홀로 밤비 소리를 듣는 기분은 어떨지 상상해 봅시다.
- 시인이 처한 식민지 시대에 할 수 있었던 일은 무엇인지 생각해 봅시다.
- 시 쓰는 일이 부끄러운 이유가 어디에 있는지 추론해 봅시다.

십자가十字架 _윤동주

쫓아오던 햇빛인데
지금 교회당教會堂 꼭대기
십자가에 걸리었습니다.

첨탑尖塔이 저렇게도 높은데
어떻게 올라갈 수 있을까요.

종鐘소리도 들려오지 않는데
휘파람이나 불며 서성거리다가,

괴로웠던 사나이,
행복幸福한 예수 · 그리스도에게
처럼
십자가가 허락許諾된다면

모가지를 드리우고
꽃처럼 피어나는 피를
어두워 가는 하늘 밑에
조용히 흘리겠습니다.

읽기 전에 생각하기 / 윤동주 시에는 기독교 정신이 바탕을 이루고 있습니다. 핵심적인 요소에는 소명 의식, 수난 의식, 희생 정신 등이 있으며 이는 모두 시인이 기독교 가정에서 자라면서 자연스럽게 형성된 사고방식이라고 합니다. 이 시는 윤동주의 기독교 정신이 선명하게 표출된 작품입니다.

작품해설 / 제목처럼 이 시에는 십자가의 상징적 의미를 자신의 삶을 통해 실천하려는 의식이 나타나 있습니다. 1연에서 작중 인물을 쫓아오는 햇빛은 이상, 신념, 희망 등을 나타냅니다. 그것이 십자가에 걸렸으니 추상적 이념이 기독교에 바탕을 둔 이상으로 구체화됩니다. 2연에 나타난 것처럼 십자가는 높은 곳에 걸려 있습니다. 십자가 정신의 실현은 그 거리만큼이나 이루기 어려운 것입니다. 뒤의 3연은 이러한 현실과 이상의 거리 때문에 고민하는 화자

더 알아두기

햇빛이 십자가에 걸렸다는 표현은 개인이 마음에 품었던 막연한 이상이 구체적인 종교적 정신으로 변화됨을 나타냅니다. 그리고 첨탑은 뾰족한 탑을 뜻합니다. 교회 지붕 꼭대기에 달린 십자가는 연약한 인간이 다다르기 어려운 목표의 상징입니다. 또한 십자가로 집약되는 예수의 일생은 시인이 추구하는 삶의 모범입니다. 예수는 인류의 구원을 위해 속죄양으로서 수난을 받았습니다. 시인의 자기희생이 지닌 목적은 '어두워 가는 하늘' 이란 구절에 시사되어 있습니다. 이것은 점점 암담해지는 당시의 시대 상황을 의미합니다. 요컨대 이 시에서 십자가는 삶의 목표이고, 그 바탕을 이루는 정신은 구원을 위한 희생과 헌신인 것이지요.

의 의식을 표현합니다. 화자는 그 번민을 예수의 괴로움에 연결합니다. 4연에 나온 대로 예수는 괴로운 동시에 행복한 삶을 살았습니다. 인류의 모든 죄를 대신해 희생하는 일은 죽음과 영광이 교차하는 일입니다. 그래서 괴롭고도 행복한 것이지요. 마지막 5연은 예수를 따라 자발적으로 희생을 실천하려는 화자의 결의를 보여주며 끝을 맺습니다.

- 화자가 교회 앞을 서성거리는 이유를 윤동주의 개인적 환경에서 찾아봅시다.
- '괴로운 동시에 행복하다' 라는 말이 의미하는 바는 무엇일까요?
- 피가 꽃처럼 피어난다면 어떤 모습일지 상상해 봅시다.

참회록懺悔錄

_윤동주

파란 녹이 낀 구리 거울 속에
내 얼굴이 남아 있는 것은
어느 왕조王朝의 유물遺物이기에
이다지도 욕될까.

나는 나의 참회의 글을 한 줄에 줄이자.
—만 이십사 년 일 개월을
무슨 기쁨을 바라 살아 왔던가.

내일이나 모레나 그 어느 즐거운 날에
나는 또 한 줄의 참회록을 써야 한다.
—그 때 그 젊은 나이에
왜 그런 부끄런 고백을 했던가.

밤이면 밤마다 나의 거울을
손바닥으로 발바닥으로 닦아 보자.

그러면 어느 운석隕石 밑으로 홀로 걸어가는

슬픈 사람의 뒷모양이

거울 속에 나타나온다.

읽기 전에 생각하기 / 시를 통해 볼 때 윤동주는 보통 이상으로 양심적이고 예민한 사람이었던 것으로 생각됩니다. 그의 시의 화자나 작중 인물은 늘 부끄러워하고 괴로워하면서 어떻게 살아야 할지를 고민합니다. 이 시 또한 예외가 아니어서 자기의 잘못에 대해 깨닫고 뉘우친 바를 차분한 어조로 고백하고 있습니다.

작품해설 / 1연에서 화자는 파란 녹이 낀 구리 거울에 비친 자신의 모습을 욕되게 생각합니다. 욕되다는 것은 부끄럽고 치욕스럽고 불명예스러운 일을 뜻합니다. '구리 거울'은 남의 나라 식민지로 전락한 왕조의 유물이고, 거기에 얼굴이 비친 화자는 나라 잃은 백성입니다. 2연에서 화자는 참회의 글을 적습니다. 그것은 단 한 개의 행입니다. 나는 만 이십사 년 일 개월을 아무런 기쁨

더 알아두기

구리 거울은 나라를 빼앗긴 조선 왕조의 유물이고 녹이 꼈다는 말은 이미 낡아 쓸모없게 됐다는 뜻입니다. 이 구리 거울에 화자는 자신의 역사적 처지와 의식을 비춰봅니다. 참회는 자기의 잘못에 대하여 깨닫고 깊이 뉘우치는 일입니다. 윤동주의 시에서 '잘못'은 무슨 잘못된 일을 저질러서 생기는 것이 아니라 해야 할 일을 제대로 하지 않아서 생기는 것입니다. 상식적으로 생각하면 아무런 기쁨도 바라지 않고 사는 것이 참회록을 써야 할 정도로 잘못된 생활이라 하기는 어렵습니다. 하지만 윤동주는 엄격한 윤리의식으로 스스로를 나무랍니다. 마지막 연에 나오는 운석은 별똥별로, 일반적으로 죽음에 관계된 이미지로 해석합니다. 별이 지면 누군가가 죽는다는 속설이 있기 때문입니다. 운석 밑으로 걸어가는 것은 죽음을 예견하고 가는 것입니다.

도 바라지 않고 살아왔습니다. 기쁨은 희망이 실현될 때 느끼는 것이니 그에게는 아무런 희망도, 희망을 실현할 의지나 노력도 없었던 것이죠. 3연은 미래에 대한 가정입니다. 즐거운 날은 2연의 기쁨과 통하는 것으로 광복을 의미합니다. 그때는 또 참회록을 써야 합니다. 예전에 기쁨과 즐거움의 실현을 위해 실제로 노력하지 않고 고백이나 하고 있었던 것이 부끄러워질 것이기 때문입니다. 4연의 행동은 자신의 태도를 반성하고 지향하는 바를 이룩하기 위한 준비입니다. 5연에 나오는 슬픈 사람의 뒷모습은 화자 자신을 가리키는 것으로, 참회와 고백을 거치기는 했지만 그는 여전히 부끄럽고 슬픕니다.

- 화자에게는 무엇이 그다지도 욕될까요?
- 참회록을 두 번이나 써야 하는 이유에 대해서 생각해 봅시다.
- 화자는 마지막 연에 홀로 걸어가고 있습니다. 그가 가고자 하는 곳은 어디인지 유추해 봅시다.

별 헤는 밤 _윤동주

계절이 지나가는 하늘에는
가을로 가득 차 있습니다.

나는 아무 걱정도 없이
가을 속의 별들을 다 헤일 듯합니다.

가슴 속에 하나 둘 새겨지는 별을
이제 다 못 헤는 것은
쉬이 아침이 오는 까닭이요,
내일 밤이 남은 까닭이요,
아직 나의 청춘이 다하지 않은 까닭입니다.

별 하나에 추억과
별 하나에 사랑과
별 하나에 쓸쓸함과
별 하나에 동경과
별 하나에 시와
별 하나에 어머니, 어머니,

어머님, 나는 별 하나에 아름다운 말 한마디씩 불러봅니다. 소학교 때 책상을 같이 했던 아이들의 이름과 패, 경, 옥 이런 이국 소녀들의 이름과 벌써 아기 어머니 된 계집애들의 이름과, 가난한 이웃 사람들의 이름과, 비둘기, 강아지, 토끼, 노새, 노루, '프랑시스 쨈', '라이너 마리아 릴케', 이런 시인의 이름을 불러 봅니다.

이네들은 너무나 멀리 있습니다.
별이 아스라이 멀 듯이.

어머님,
그리고 당신은 멀리 북간도에 계십니다.

나는 무엇인지 그리워
이 많은 별빛이 내린 언덕 위에
내 이름자를 써 보고,
흙으로 덮어 버리었습니다.

딴은 밤을 새워 우는 벌레는
부끄러운 이름을 슬퍼하는 까닭입니다.

그러나 겨울이 지나고 나의 별에도 봄이 오면,
무덤 위에 파란 잔디가 피어나듯이

내 이름자 묻힌 언덕 위에도

자랑처럼 풀이 무성할 거외다.

읽기 전에 생각하기 / 고향을 떠나 온 시인이 가을밤에 하늘을 바라보며 그리운 사람과 지나온 시절, 그리고 앞으로의 삶에 대해 생각하는 구도의 작품입니다. 시가 다소 긴 것은 그만큼 상념이 많기 때문이라 할 수 있습니다. 풍경 묘사로 시작해 자기 성찰로 끝나는 과정에 바람직한 삶의 태도에 대한 시인의 고민이 아로새겨져 있습니다.

작품해설 / 이 시는 과거의 회상에서 현재의 고민을 거쳐 미래에 대한 전망에 이르는 과정으로 전개됩니다. 1연은 배경 묘사로 가을이라는 시간에서 시작됩니다. 그리고 2연은 행위에 대한 설명입니다. 3연은 별을 못 헤는 시인의 생각이 시작되며 4연에서는 각각의 상념의 유형이 제시됩니다. 또한 5연에는

더 알아두기

4연에 나오는 생각들은 윤동주 시의 일반적인 주제입니다. 추억, 사랑, 고독, 동경, 시 같은 것들은 모두 윤동주 시를 이해하는 데 핵심적인 개념입니다. 5연에 나열된 구체적인 대상의 성격을 유형화하면 4연의 개념에 통합니다. 5연은 유년, 친구, 이웃, 자연, 시인 등에 대한 추억이라 요약할 수 있습니다. '프랑시스 짬' 과 '라이너 마리아 릴케' 는 둘 다 외국 시인 이름입니다. 추억의 대상이 너무나 멀리 있고, 어머니가 북간도에 계신다는 사실은 아름다운 추억과 대립하는 현실적 상황입니다. 여기서 화자의 의식은 추억에서 현실로 돌아옵니다. 그리고 이름을 썼다가 덮어 버리는 행동은 현실에 무력한 자신의 존재에 대한 부끄러움의 표현입니다. 마지막 연에서 화자는 언젠가 다시 찾아 올 봄에 대한 믿음을 회복합니다. 봄은 시대적으로는 광복을 뜻하고, 개인적으로는 이상과 동경의 실현이 가능한 때를 가리킵니다. 그 때가 되면 화자의 존재의 의미도 되살아날 것입니다.

시인이 가지고 있는 추억의 구체적 대상이 나열되어 있습니다. 6연과 7연에는 추억에 대한 화자의 반응이 표현되어 외로움과 어머니에 대한 그리움을 말하고 있습니다. 8연에는 화자의 심정과 내적 갈등이 잘 나타나 있고, 여기서 '이름을 써 보고' 라는 표현은 자의식 또는 민족 의식으로 해석됩니다. 9연은 그러한 자신의 처지에 대한 비유로 '밤' 은 암담한 상황을 암시하고 '벌레' 는 화자의 객관적 상관물입니다. 결국 마지막 10연에 이르러 신념의 자각에 의해 고민이 극복됩니다. 현재의 나는 '겨울' 처럼 고통스럽고 죽음과도 같은 생활을 하지만 '봄' 이 오면 나의 잃어버린 삶과 꿈이 되살아날 것이라고 확신하며 끝을 맺습니다.

- 이 시의 '가을' 과 '밤' 이 상징하는 바가 무엇인지 생각해 봅시다.
- 하늘의 별을 가슴에 새기는 행위는 시인에게 어떤 의미일까요?
- 추억의 대상인 별과 어머님은 멀리 있는 이유를 시대적 상황에서 찾아봅시다.

간肝 _윤동주

바닷가 햇빛 바른 바위 위에
습한 간을 펴서 말리우자.

코카서스 산중山中에서 도망해 온 토끼처럼
둘러리를 빙빙 돌며 간을 지키자.

내가 오래 기르는 여윈 독수리야!
와서 뜯어 먹어라, 시름없이

너는 살찌고
나는 여위어야지, 그러나

거북이야
다시는 용궁龍宮의 유혹에 안 떨어진다.

프로메테우스 불쌍한 프로메테우스
불 도적한 죄로 목에 맷돌을 달고
끝없이 침전沈澱하는 프로메테우스.

읽기 전에 생각하기 / 윤동주 시의 바탕을 이루는 자발적 희생의 의지와 헌신적 속죄양 의식이 집약된 작품입니다. 우리나라의 구토설화龜兎說話와 그리스 신화에 나오는 프로메테우스의 이야기를 결합해 자기희생을 통해 현실의 고난을 극복하려는 의지를 상징적으로 표현하고 있습니다.

작품해설 / 구토설화에 의하면, 토끼는 거북이의 꾐에 빠져 용궁에 따라갔다 간을 잃을 뻔했으나 볕에 말리려고 간을 땅에 꺼내놓고 왔다는 말로 위험에서 벗어납니다. 그리고 그리스 신화속 프로메테우스는 제우스를 속이고 불을 훔쳐 인간에게 가져다 준 죄로 코카서스의 큰 바위에 묶여 날마다 독수리에게

더 알아두기

토끼는 순간적인 실수로 용궁의 유혹에 빠져 간을 잃을 뻔하였습니다. 시인은 그것을 양심과 이상을 망각한 잘못으로 봅니다. 세속적 유혹에 이끌려 그것들을 저버렸기 때문이죠. 따라서 토끼가 습한 간을 펴서 말리는 것은 양심과 이상을 회복하는 행위이자 다시는 그런 유혹에 빠지지 않으려는 행동입니다. 시인에게 양심과 이상에 어긋나는 현실적 이익이란 죽음과도 같은 것이기 때문입니다. 토끼가 간을 지키는 이유 역시 여기에 있습니다. 독수리는 양심과 이상의 수호자입니다. 독수리로 하여금 자신을 뜯어 먹게 하는 것은 유혹에 빠진 잘못에 대한 형벌로서, 신체의 고통을 겪더라도 다시는 그것들을 버리지 않겠다는 의지를 다지는 행동입니다. 프로메테우스는 독수리가 간을 쪼아 먹어도 밤이 되면 다시 회복되어 다음날 똑같은 고통을 당해야만 하였습니다. 인간을 위해 희생한 프로메테우스의 고통은 끝이 없는 것이었습니다. 마지막 연의 프로메테우스에 대한 규정은 희생의 고통이 영원할지라도 좀더 나은 인간의 삶을 위해 양심과 이상을 지키며 헌신하겠다는 의지의 표명입니다.

간을 쪼여 먹히는 벌을 받았습니다. 1연의 '간' 은 인간의 본질로 매일 쪼아 먹어도 돋아나야 하는 인간적 고통의 핵심을 의미하며, 2연의 '토끼' 는 순간적인 유혹에 잘 빠지는 인간의 어리석음을 상징합니다. 그리고 화자는 나의 간을 뜯어먹는 독수리에게 '너는 살찌고 나는 여위어야 한다' 고 말합니다. 여기서 암울한 현실 속에서 홀로 메말라 가고 있는 시인이 자신의 모습을 스스로 자각하고 있는 모습이 엿보입니다. 그리고 거북이한테 다시는 어리석은 유혹에 빠지지 않겠다고 단호하게 말하며 자신의 의지를 드러냅니다. 하지만 마지막 연의 '프로메테우스' 를 통해 이러한 인간적인 삶을 위해서는 희생이 필요함을 이야기하며 현실에서 빠져 나올 수 없음을 안타까워하며 끝을 맺습니다.

- 토끼가 간을 말리고 지키는 이유는 무엇일까요?
- 이 시에서 '토끼' 와 '간' 이 지니는 속성에 대해 생각해 봅시다.
- 토끼 이야기와 프로메테우스 이야기가 결합할 수 있도록 매개체의 역할을 하고 있는 소재를 찾아봅시다.

자화상 自畵像

_윤동주

산모퉁이를 돌아 논가 외딴 우물을 홀로 찾아가선 가만히 들여다봅니다.

우물 속에는 달이 밝고 구름이 흐르고 하늘이 펼치고 파아란 바람이 불고 가을이 있습니다.

그리고 한 사나이가 있습니다.
어쩐지 그 사나이가 미워져 돌아갑니다.

돌아가다 생각하니 그 사나이가 가엾어집니다.
도로 가 들여다보니 사나이는 그대로 있습니다.

다시 그 사나이가 미워져 돌아갑니다.
돌아가다 생각하니 그 사나이가 그리워집니다.

우물 속에는 달이 밝고 구름이 흐르고 하늘이 펼치고 파아란 바람이 불고 가을이 있고 추억처럼 사나이가 있습니다.

읽기 전에 생각하기 / 이 시는 윤동주 시의 기본 주제인 자아 성찰과 자기 고백이 담담하게 서술된 작품입니다. '나'에 대해 생각하는 또 다른 '나'의 시선과 심정 속에 '나는 누구인가요?'라는 물음이 함축되어 있습니다.

작품해설 / 작중 인물은 논가의 우물을 찾아가 들여다봅니다. 달과 구름과 하늘과 바람을 배경으로 자신의 모습이 보입니다. 자기 모습이지만 미워집니다.

더 알아두기

산모퉁이를 돌아 외딴 우물을 찾아가는 것은 다른 사람을 피해 자기 자신에 대해 혼자서 조용히 생각해 보기 위해서입니다. 여기서 '외딴'과 '홀로'와 '가만히'는 서로 통하는 말로, 자기 성찰의 신중한 태도를 강조합니다. 또한 우물은 거울의 역할을 합니다. 그리고 달과 구름과 하늘과 바람은 모두 자연에 속하지요. 자연은 아름답고 평화롭고 순수한 세계를 의미합니다. 이렇게 자연 풍경을 묘사한 것은 그것과 대조되는 자신의 모습을 부각하기 위해서입니다. 여기서 '한 사나이'는 바로 자기 자신입니다. '나'라고 하지 않고 '사나이'라 한 것은 자신을 객관적으로 생각하기 때문입니다. 사나이를 '현실적 자아', 사나이를 바라보는 나를 '반성적 자아'라고 하기도 합니다. 미워하는 마음과 가여워하고 그리워하는 마음이 대립합니다. 미움은 원하는 대로 살지 못하는 자신 때문에 생기고, 가엾음은 어찌할 수 없는 자신 때문에 생깁니다. 그리움은 바람직한 자신 때문에 생기는 마음이기도 하고, 자신의 이상과 한계를 솔직히 인정한 후의 감정이기도 합니다. 마지막 연에서 사나이는 아름다운 가을 풍경과 하나가 됩니다. 언제나 아름다운 추억처럼 사나이는 풍경 속에 들어가 있습니다. 이를 두고 자아의 갈등이 화해됐다고 하는데, 그것은 어느 한 쪽으로 결정됐다는 말이 아니고, 미운 나와 가엾은 나와 그리운 나를 모두 자신의 참모습으로 인정하는 마음을 갖게 됐다는 것을 뜻합니다.

그래서 다시 돌아갑니다. 가다 생각하니 가여워 돌아옵니다. 다시 보니 또 미워집니다. 그래서 또 돌아갑니다. 가다가 생각하니 그립습니다. 돌아옵니다. 이렇게 나 자신에 대한 미움과 연민과 사랑이 반복됩니다. 아무리 되풀이해도 서로 반대되는 이런 감정이 말끔하게 정리되기는 어려울 것으로 보입니다.

- 외딴 우물을 혼자 찾아가는 시인의 행동에 내포된 의미는 무엇일까요?
- '파아란 바람' 이란 어떤 모습일지 상상해 봅시다.
- 자기 자신에 대해 미움과 가엾음과 그리움의 감정이 서로 엇갈리는 감정이란 무엇일까요?

길 _윤동주

잃어버렸습니다.
무얼 어디다 잃었는지 몰라
두 손이 주머니를 더듬어
길에 나아갑니다.

돌과 돌과 돌이 끝없이 연달아
길은 돌담을 끼고 갑니다.

담은 쇠문을 굳게 닫아
길 위에 긴 그림자를 드리우고

길은 아침에서 저녁으로
저녁에서 아침으로 통했습니다.

돌담을 더듬어 눈물짓다
쳐다보면 하늘은 부끄럽게 푸릅니다.

풀 한 포기 없는 이 길을 걷는 것은

담 저쪽에 내가 남아 있는 까닭이고,

내가 사는 것은, 다만,
잃은 것을 찾는 까닭입니다.

읽기 전에 생각하기 / 이 시는 윤동주가 연희전문학교를 다닐 때 쓴 것으로 고통스럽고 암담한 시대에 참되고 바른 삶을 살고자 하는 시인의 의지가 잘 표현된 작품입니다. 겉으로는 단순해 보이지만 그 속에 깊은 뜻을 담고 있어 꼼꼼히 읽을 필요가 있습니다.

작품해설 / 이 시의 작중 인물은 잃어버린 무엇인가를 찾기 위해 계속해서 헤매입니다. 그는 무엇을 잃어버렸는지, 어디다 잃어버렸는지도 모릅니다. 그것은 찾아야 알 수 있는 것입니다. 그러니 그것은 원래 있던 물건이 아니라 힘들게 찾아야 할 무엇인 것이지요. 그래서 그는 길을 나섭니다. 하지만 그 길은

더 알아두기

화자가 잃어버린 것은 인간이 이루어야 할 가치와 이상의 총체입니다. 역사적 시각에 따라, 개인적 관점에 따라 그것은 다르게 규정될 수 있을 것입니다. 사실 이것은 잃어버린 것이 아니라 끊임없는 모색과 노력을 통해 이룩해야 할 것입니다. 그것을 이루는 일은 계속해서 길을 가는 것처럼 오랜 시간을 필요로 합니다. 길은 이상을 이루기 위해 거쳐야 할 과정을 뜻합니다. 돌담 너머 쇠문 안에 그것이 있습니다. 하지만 돌담은 끝이 없고 쇠문은 굳게 닫혀 있습니다. 길을 가다보면 어디선가 그것이 있는 곳으로 통하는 문을 만날 수 있을 것입니다. 돌담과 쇠문은 이상 실현의 장애물입니다. 화자가 흘리는 눈물은 고통과 피로의 표시이며 하늘이 부끄럽게 푸르다는 말은 하늘을 우러러 부끄럽다는 뜻입니다. 지쳐 우는 자신이 부끄럽고, 이상과 가치를 이루지 못한 자신이 또한 부끄럽습니다. 하지만 이 부끄러움은 화자에게 계속해서 길을 가게 하는 힘이 됩니다. 풀 한 포기 없는 길은 황량한 현실을 의미합니다. 또한 담 안에 있는 '나'는 힘들고 어렵지만 기어이 찾아야 하는 참된 자아의 이상입니다.

돌담이 끝없이 이어지는 길이었습니다. 더구나 쇠문도 굳게 닫혀 있어 담 안으로는 들어갈 수도 없습니다. 아침부터 저녁까지 계속해서 헤매다 푸른 하늘을 쳐다보니 부끄럽습니다. 길은 삭막해서 풀 한 포기 자라지 않습니다. 그래도 길을 가야 하는 것은 담 저쪽에 찾는 것이 있기 때문입니다. 오직 그것을 찾는 것이 내가 사는 이유입니다.

- 화자가 잃어버린 '무엇' 이 의미하는 바에 대해 생각해 봅시다.
- 과연 화자는 그것을 찾을 수 있었을까요?
- '하늘이 부끄럽게 푸르다' 고 느끼는 화자의 마음은 어떠할까요?

거울 _이상

거울속에는소리가없소.

저렇게까지조용한세상은참없을것이오.

거울속에도내게귀가있소.

내말을못알아듣는딱한귀가두개나있소.

거울속의나는왼손잡이오.

내악수를받을줄모르는—악수를모르는왼손잡이오.

거울때문에나는거울속의나를만져보지를못하는구료마는

거울이아니었던들내가어찌거울속의나를만나보기만이라도했겠소.

나는지금거울을안가졌소마는거울속에는늘거울속의내가있소.

이상(1910~1937)의 본명은 김해경으로 시인이자 소설가였습니다. 서울에서 태어나 경성고등공업학교 건축학과를 졸업하고 조선총독부 건축과 기사가 됐으나 결핵이 너무 심해서 그만두게 됩니다. 일본어로 된 시를 발표하면서 문학 활동을 시작한 그는 이태준, 박태원, 김기림, 정지용 등과 같이 '구인회' 에 속해 활동하였고 후에 다방, 카페 등을 경영하다 실패하고 일본으로 건너갔으나 사상불온 혐의로 구속되었습니다. 이로 인해 건강이 악화돼 결국 도쿄대학 병원에서 짧은 생을 마쳤습니다.

잘은모르지만외로된* 사업事業에골몰할께요.

거울속의나는참나와는반대反對요마는
또꽤닮았소.
나는거울속의나를근심하고진찰診察할수없으니퍽섭섭하오.

* 외로된 : 균형을 잃고 한쪽으로 치우침.

읽기 전에 생각하기 / 이상의 시는 이해하기 어렵습니다. 시인 스스로도 독자의 이해를 바라고 시를 쓴 것 같지 않습니다. 이상의 모든 시를 온전하게 이해하는 사람은 아마도 없을 텐데요, 초현실주의니 다다이즘dadaism 모든 가치와 질서를 파괴하고 전통적인 예술 행위를 부정한 실험적인 운동.이니 하는 어려운 용어로 시를 설명하기도 하지만 이해의 어려움이 완벽하게 해소되지는 않습니다. 이해할 수 있는 부분은 이해하고, 그렇지 못한 난해한 부분은 좀더 깊이 생각하며 감상합시다.

작품해설 / 거울을 봅니다. 내 모습이 보입니다. 거울 밖에도 내가 있고 거울 속에도 내가 있습니다. 그리고 거울 밖에도 세상이 있고 거울 속에도 세상이 있습니다. 똑같은 것 같은데 잘 보면 왼쪽과 오른쪽이 바뀌었습니다. 이런 상황에서 거울 밖의 나는 현실 속에서 살아가는 존재고, 거울 속의 나는 현실 속의 나에 대해서 생각하는 존재라고 가정해 봅니다. 즉, 거울 밖의 나를 '현실

더 알아두기

사고와 감정과 의지의 주체인 '나'를 '자아自我'라 합니다. 그런데 자아는 하나만 있는 게 아니고 여럿일 수 있습니다. 이 시에서는 둘입니다. 실제로는 여럿이거나 둘이라도 서로가 잘 조화를 이뤄 하나처럼 존재해야 정상적인 생활이 가능합니다. 자아가 나뉜 것을 분열이라고 합니다. 자아가 분열되면 둘 이상의 내가 동시에 나타나니, 의식과 행동이 일치되지 않고, 이성과 감정이 어긋나고, 의지와 욕구가 대립하게 됩니다.

적 자아' 라 하고, 거울 속의 나를 '반성적 자아' 라 합니다. 시에서는 거울 밖과 속의 존재로 표현하기는 했지만, 실제로 둘이 따로 있는 것이 아니고 한 사람의 의식 속에 같이 존재하는 것이지요.

- 거울 속에 비친 '나' 는 누구를 의미하는 것일까요?
- 이 시에는 하나의 자아와 또 다른 하나의 자아가 존재합니다. 이 두 자아가 서로 어떤 관계에 있는지 말해보세요.
- 시 속의 '거울' 의 이중성에 대해 생각해 봅시다.

오감도烏瞰圖* _이상

-시 제1호

13인의아해兒孩가도로로질주하오.
(길은막다른골목이적당하오.)

제1의아해가무섭다고그리오.
제2의아해도무섭다고그리오.
제3의아해도무섭다고그리오.
제4의아해도무섭다고그리오.
제5의아해도무섭다고그리오.
제6의아해도무섭다고그리오.
제7의아해도무섭다고그리오.
제8의아해도무섭다고그리오.
제9의아해도무섭다고그리오.
제10의아해도무섭다고그리오.

제11의아해가무섭다고그리오.
제12의아해도무섭다고그리오.
제13의아해도무섭다고그리오.

13인의아해는무서운아해와무서워하는아해와그렇게뿐이모였소.

(다른사정은없는것이차라리나았소.)

그중에1인의아해가무서운아해라도좋소.

그중에2인의아해가무서운아해라도좋소.

그중에2인의아해가무서워하는아해라도좋소.

그중에1인의아해가무서워하는아해라도좋소.

(길은뚫린골목이라도적당하오.)

13인의아해가도로로질주하지아니하여도좋소.

● 오감도 : 제목인 '오감도'는 사전에는 없는 말이다. 높은 곳에서 내려다본 상태의 그림이나 지도를 가리키는 조감도鳥瞰圖란 말이 있는데, 오감도는 조감도의 새 조鳥 자를 까마귀 오烏 자로 바꿔놓은 말이다.

읽기 전에 생각하기 / 흔히 이상의 시를 설명할 때 초현실주의니 다다이즘이니 하는 용어를 쓰는데요, 기존의 시와 너무 달라 이해할 수 없는 양상을 지적하기 위해서입니다. 그렇다고 해도 이해가 분명해지지는 않습니다. 그만큼 이상의 시는 다른 시인의 시와 현저하게 다르고, 상식적으로 납득이 가지 않기 때문이지요. 그렇다면 시인은 왜 이렇게 시를 썼을까요? 단순히 사람들을 놀래 주기 위해서일까요? 그렇게 하지 않으면 전달할 수 없는 어떤 생각이 있었던 것일까요? 이런 질문은 아직도 해결되지 않은 채 풀 수 없는 문제로 남아 있습니다.

작품해설 / 비슷한 말이 반복되는 구조라 보기에는 단순해도 도무지 뜻을 알기 어렵습니다. 전체의 내용을 간추리면 이렇습니다. 13인의 아이가 도로로

더 알아두기

오감도는 1934년 7월 24일부터 8월 8일까지 《조선중앙일보》에 연재된 작품입니다. 전체 제15호까지 있습니다. 전부 그 형식이 난해합니다. 원래는 30회를 연재하려 했으나 독자들의 항의로 중단되었습니다. 제1호에서는 '13'이란 숫자가 중요합니다. 여기에 대해서는 수많은 해석이 난무합니다. 그 중 가장 많은 사람들의 지지를 받은 것은 '13'이 예수의 최후의 만찬에 참석한 사람의 숫자를 나타낸다는 것입니다. 거기에는 예수를 팔아넘기고 예수를 부인한 사람도 끼어 있었습니다. 예수가 이 점을 지적하자 모두 불안해하였습니다. 누구인지 알 수 없었기 때문입니다. 현대인의 상황이 이와 비슷합니다. 수많은 사람이 함께 모여 살지만 서로가 서로를 믿지 못하는 인간관계가 불안과 공포를 만들어내는 것을 보여줍니다.

질주합니다. 그리고 13인의 아이가 무섭다고 합니다. 그 중 어느 아이가 무서운 아이라도 좋고, 무서워하는 아이라고 해도 좋습니다. 또한 13인의 아이가 도로로 질주하지 않아도 좋습니다. 대체 무슨 말일까요? 이래도 좋고 저래도 좋다는 말인가요? 아니면 정말로 깊은 뜻이 있는 것일까요? 알 수 없는 일입니다. 그래서 난해하다고 볼 수밖에 없습니다. '무서움' 은 일반적으로 현대 사회에서 사람들이 느끼는 불안과 공포라고 합니다. 도시에 살다보면 이유도 없이 마음이 편치 않고 두려울 때가 있습니다. 이 시를 읽고 난 느낌도 그와 비슷합니다.

- 이런 시를 쓴 이유를 이상이 가진 사상에 근거하여 생각해 봅시다.
- '13' 이란 숫자가 의미할 수 있는 것에 무엇이 있을까요?
- 이 시를 읽고 나면 무섭고 불안해지는 이유는 무엇인가요?

가정家庭 _ 이상

문門을암만잡아다녀도안열리는것은안에생활生活이모자라는까닭이다. 밤이사나운꾸지람으로나를졸른다. 나는우리집내문패門牌앞에서여간성가신게아니다. 나는밤속에들어서서제웅*처럼자꾸만감減해간다. 식구食口야봉封한창호窓戶에더라도한구석터놓아다고내가수입收入되어*들어가야하지않나. 지붕에서리가내리고뾰족한데는침鍼처럼월광月光이묻었다. 우리집이앓나보다그러고누가힘에겨운도장을찍나보다. 수명壽命을헐어서전당典當*잡히나보다. 나는그냥문고리에쇠사슬늘어지듯매어달렸다. 문을열려고안열리는문을열려고.

---

* 제웅 : 짚으로 만든 사람 모양의 물건.
  수입되어 : 집 안으로 들어간다는 뜻.
  전당 : 기한 내에 돈을 갚지 못하면 맡긴 물건을 마음대로 처분하여도 좋다는 조건하에 돈을 빌리는 일.

읽기 전에 생각하기 / 이상의 시를 흔히 실험적이고 전위적이라 합니다. '실험' 이란 종래의 시와 다르게 생겼다는 뜻에서 쓰는 말인데요, 다시 말해 일반적인 시와는 다른 형식을 취했다는 뜻입니다. '전위적' 이란 맨 앞에 나섰다는 뜻으로, 선구적으로 시대를 앞서가는 시를 썼다는 말입니다. 이러한 이유로 이상 이후 그를 따르는 시인이 많이 생겨났습니다. 이는 실험이 성공했고, 전위로서의 역할을 충분히 했다고 할 수 있습니다.

작품해설 / 이 시는 행과 연의 구분은 물론이고, 띄어쓰기도 되어 있지 않아서 읽기 힘든 작품입니다. 꼼꼼히 나누어 가며 읽어야 그 뜻이 잡힙니다. 주제는 한마디로 정상적인 가정생활에 대한 소망입니다. 평범하고 일상적인 가정생활이 별 것 아닌 것 같지만 그조차도 제대로 이루어질 수 없는 상황이 있는 법입니다. 이 시의 '생활이 모자란다' 는 말은 정상적인 생활이 이뤄지지 않는다는 뜻이고, '문패 앞에서 성가시다' 는 말은 가장으로서의 역할을 제대로 수

더 알아두기

가정이란 한 가족이 생활하는 집으로, 집안에 모여 함께 사는 사람이 바로 가족입니다. '나' 는 아버지인데, 집에 들어가지 못합니다. 문이 안 열린다는 것은 가족 구성원이 되지 못한다는 말이지요. 문패에는 아버지 이름을 씁니다. 그런데 이름만 있지 실제로 아버지로서의 역할은 하지 못합니다. 상황이 이렇게 된 데는 경제적인 문제가 가장 컸습니다. 집에서 먹고 자야 수명을 유지할 수 있는데, 돈 때문에 결국에는 집을 저당 잡히는 사태에까지 이르게 됩니다. 집이 없어지면 가정이 사라지고 가족이 흩어지는 법입니다.

행하지 못하는 것에 대한 자책입니다. 또한 ‘집이 앓는다’ ‘도장을 찍는다’ ‘전당 잡힌다’ 는 표현은 가난에 시달리는 현실을 나타냅니다.

- 안 열리는 문을 자꾸만 열려고 하는 이유에 대해 생각해봅시다.
- 자기 이름이 새겨진 문패가 성가신 이유는 무엇일까요?
- 돈이 없다고 가정이 유지되지 못하는지, ‘가정’ 이 가지는 진정한 의미에 대해 논해봅시다.

운동 _이상

일층一層우에있는이층二層우에있는삼층三層우에있는옥상정원屋上庭園에올라서남南쪽을보아도아무것도없고북北쪽을보아도아무것도없고해서옥상정원밑에있는삼층밑에있는이층밑에있는일층으로내려간즉동東쪽에서솟아오른태양太陽이서西쪽에떨어지고동쪽에서솟아올라서쪽에떨어지고동쪽에서솟아올라서쪽에떨어지고동쪽에서솟아올라하늘한복판에와있기때문에시계時計를꺼내본즉서기는했으나시간時間은맞는것이지만시계는나보다도젊지않으냐하는것보다는나는시계보다는늙지아니하였다고아무리해도믿어지는것은필시그럴것임에틀림없는고로나는시계를내동이쳐버리고말았다.

1931. 8. 11.

읽기 전에 생각하기 / 사조적으로 보면 이상의 이 시는 모더니즘Modernism에 속합니다. 모더니즘은 현대성의 표현입니다. 현대란 지금 우리가 살고 있는 시대를 말하는데요, 현대인의 생활양식과 사고방식과 환경 등이 모더니즘의 주된 제재를 이룹니다. 이 시는 도시의 건물을 소재로 현대성의 특징과 문제를 다루고 있습니다.

작품해설 / 삼층 건물이 있습니다. 옥상은 정원입니다. 일층부터 옥상까지 올라갔다 다시 내려옵니다. 올라갈 때와 내려올 때 일층, 이층, 삼층을 반복하는 것은 현대인의 단조로운 움직임을 반영합니다. 태양이 동쪽에서 솟아올라 서쪽으로 떨어집니다. 해가 뜨고 지는 것을 되풀이하는 것은 매일 반복되는 현대인의 단조로운 생활 양상을 반영합니다. 해가 하늘 한 복판에 떠 있습니

더 알아두기

시계가 젊은가요, 내가 젊은가요? 내가 젊습니다. 시계는 나보다 먼저 있었습니다. 시계가 나타내는 것은 시간입니다. 우리는 규칙적이고 기계적인 시간의 분할이 존재하는 세상에 태어나 정해진 시간에 맞춰 생활하는 법을 익혀야 합니다. 내가 시간을 정하는 것이 아니라 정해진 시간에 내가 맞춰야 합니다. 전체적으로 보면, 규칙적이고 반복적이고 단조로운 현대인의 생활에 대한 부정이 이 시의 주제를 이룹니다. '운동' 이란 제목은 현대인의 삶이 자유로운 운동이 아니라 규격화된 움직임에 지나지 않는다는 점을 강조합니다. 주목할 만한 것은 건물을 소재로 시를 쓴 점입니다. 이는 이상이 건축 기사였던 과거에서 비롯된 것이라고 보여집니다. 또한 이 시의 소재가 되는 삼층 건물은 당시에 실제로 존재했던 백화점입니다.

다. 시계를 봅니다. 그리고는 시계를 내동댕이쳐 버립니다. 시간은 맞지만 나는 시계보다 늙지 않았기 때문입니다. 이 구절은 규칙적이고 반복적인 현대인의 삶에 대한 거부를 의미합니다.

- 건물과 시계를 소재로 삼은 것이 상징하는 바를 생각해 봅시다.
- 시계를 내동댕이치는 화자의 마음은 과연 어떠할까요?
- 시계가 나보다 젊게 하려면 어떤 상황이 뒷받침되어야 하는지 상상해 봅시다.

빼앗긴 들에도 봄은 오는가 _이상화

지금은 남의 땅 빼앗긴 들에도 봄은 오는가?

나는 온몸에 햇살을 받고,

푸른 하늘 푸른 들이 맞붙은 곳으로,

가르마 같은 논길을 따라 꿈 속을 가듯 걸어만 간다.

입술을 다문 하늘아, 들아,

내 맘에는 나 혼자 온 것 같지를 않구나!

네가 끌었느냐, 누가 부르더냐. 답답워라. 말을 해 다오.

바람은 내 귀에 속삭이며,

한 자욱도 섰지 마라, 옷자락을 흔들고.

이상화(1901~1943)는 호는 상화尙火이며 대구에서 태어나 경성중앙학교를 졸업한 후 일본으로 유학을 가서 도쿄외국어학교 불어과를 졸업하였습니다. 처음에는 아주 퇴폐적인 시를 쓰다가 후에는 현실 문제를 강하게 다루는 방향으로 돌아섰습니다. 주제나 경향만 다를뿐 어느 쪽에서 쓴 시라해도 좋습니다. 퇴폐적인 성격의 시를 대표하는 작품은 〈나의 침실로〉입니다. 1927년에는 항일독립운동 단체인 의열단 사건에 관련돼 옥고를 치뤘습니다. 현재 대구의 달성공원에 시비가 세워져 있습니다.

종다리는 울타리 너머 아씨같이 구름 뒤에서 반갑다 웃네.

고맙게 잘 자란 보리밭아,

간밤 자정이 넘어 내리던 고운 비로

너는 삼단 같은 머리를 감았구나. 내 머리조차 가뿐하다.

혼자라도 가쁘게나 가자.

마른 논을 안고 도는 착한 도랑이

젖먹이 달래는 노래를 하고, 제 혼자 어깨춤만 추고 가네.

나비, 제비야, 깝치지 마라*.

맨드라미, 들마꽃에도 인사를 해야지.

아주까리 기름을 바른 이가 지심 매던* 그 들이라 다 보고 싶다.

내 손에 호미를 쥐어 다오.

살진 젖가슴과 같은 부드러운 이 흙을

발목이 시도록 밟아도 보고, 좋은 땀조차 흘리고 싶다.

강가에 나온 아이와 같이,

짬도 모르고* 끝도 없이 닫는 내 혼아,

무엇을 찾느냐, 어디로 가느냐, 웃어웁다, 답을 하려무나.

나는 온몸에 풋내를 띠고,

푸른 웃음, 푸른 설움이 어우러진 사이로,

다리를 절며 하루를 걷는다. 아마도 봄 신령이 지폈나 보다.

그러나, 지금은—들을 빼앗겨 봄조차 빼앗기겠네.

깝치지 마라 : 재촉하지 마라.
지심 매던 : 김을 매던.
짬도 모르고 : 형편도 모르고.
신령이 지폈나 보다 : 어떤 알 수 없는 힘에 사로잡혀 제정신이 아님.

읽기 전에 생각하기 / 일본에게 나라를 빼앗겼던 식민지 시대에 씌여진 시 중에 당시의 현실을 거부하고 해방을 노래한 시를 묶어 '저항시' 라고 합니다. 시대적 상황으로 미루어보아 저항시는 가치가 있습니다. 하지만 저항시라고 해서 다 좋은 평가를 받는 것은 아닙니다. 주제와 주장면에서는 좋지만 시의 관점에서 보면 별로인 것도 있기 때문입니다. 의식적으로 말하고자 하는 내용과 시적으로 표현하는 방법이 모두 탁월해야 훌륭한 저항시로 평가받습니다. 그렇지 않고 내용만 중요하다고 하면 굳이 그걸 시로 쓸 이유가 없겠죠. 이러한 이유로 저항시는 이중적인 기준이 적용됩니다.

작품해설 / 지금은 남의 땅이라 했으니 예전에는 우리 땅이었을 것입니다. 그것을 빼앗긴 것이죠. 땅을 빼앗겼으니 계절이 바뀌어 봄이 와도 진정한 봄이 아닙니다. 여러 계절이 있는데 유독 봄이라 한 데는 상징적인 의미가 있는데요, 봄은 사계절 중에 가장 먼저 시작되는 의미로, 즉 희망을 나타내기 때문입니다. 또한 봄이 오지 않으면 겨울이 끝나지 않았다는 뜻이고, 결국 지금은 겨울이란 얘기입니다. 봄은 빼앗긴 나라를 다시 찾는 날입니다. '빼앗긴 들에

더 알아두기

작품의 구조를 눈여겨 볼 필요가 있습니다. 첫번째 연은 질문이고, 마지막 연은 대답입니다. 그 사이에 있는 연은 질문에 대답하기까지의 생각의 과정을 보여줍니다. 2연에서 3연, 4연에서 6연, 7연에서 8연, 9연에서 10연으로 나눠보면 의미가 더 뚜렷해집니다.

도 봄은 오는가요? 하고 물었습니다. 답은 '오지 않는다' 는 것입니다. 마지막에 '들을 빼앗겨 봄조차 빼앗기겠네' 라고 한 것은 계절의 변화마저도 아무런 의미가 없을 만큼 나라 뺏긴 상황이 가혹하다는 뜻을 포함하고 있습니다. 상식적으로 생각하면 땅과 들, 즉 나라를 빼앗겨도 봄은 옵니다. 계절의 변화는 나라의 상황과는 관련이 없는 것이죠. 나라는 인간이 만든 것이고 계절은 자연에 속합니다. 둘 사이에 관계를 만드는 것은 사람의 의식과 생활입니다. 결국 나라를 빼앗겼는데 봄이 온들 무엇 하냐는 뜻입니다. 봄이 오면 씨를 뿌리고 농사를 짓습니다. 하지만 땅과 들이 없으면 그럴 수 없죠. 봄에 사람이 할 수 있고, 해야 할 일을 할 수가 없는 것입니다. 그러니 봄이 와도 안 온 것이나 다름없다고 말하는 것입니다.

- '땅을 빼앗겼기 때문에 봄도 빼앗겼다' 는 말이 상징하는 바를 생각해 봅시다.
- 시인이 현실에서 저항하려는 의지가 나타난 부분을 찾아봅시다.
- 이 시가 말하고자 하는 것은 옳다고 보여집니다. 그렇다면 시적 표현은 어떠한지 살펴봅시다.

벼 _이성부

벼는 서로 어우러져
기대고 산다.
햇살 따가워질수록
깊이 익어 스스로를 아끼고
이웃들에게 저를 맡긴다.

서로가 서로의 몸을 묶어
더 튼튼해진 백성들을 보아라.
죄도 없이 죄지어서 더욱 불타는
마음들을 보아라. 벼가 춤출 때,
벼는 소리없이 떠나간다.

벼는 가을 하늘에도

● 이성부(1942~)는 전라남도 광주에서 태어나 경희대학교 국문과를 졸업하였고 《한국일보》 기자를 지냈습니다. 1970년대 사회 비판적 참여시의 흐름을 주도한 시인으로, 현실 문제를 주제로 다루면서도 서정적 감수성과 상상력을 잃지 않아 공감의 폭을 확대하였습니다. 민족의 전통적 정서와 민중에 대한 신념이 시의 바탕을 이룹니다.

서러운 눈 씻어 맑게 다스릴 줄 알고
바람 한 점에도
제 몸의 노여움을 덮는다.
저의 가슴도 더운 줄을 안다.

벼가 떠나가며 바치는
이 넓디 넓은 사랑,
쓰러지고 쓰러지고 다시 일어서서 드리는
이 피 묻은 그리움,
이 넉넉한 힘…….

읽기 전에 생각하기 / 공동체로서의 연대 의식에 기반을 둔 민중의 생명력과 희생적 사랑을 벼의 생태를 통해 상징적으로 표현한 작품입니다. 벼는 농민이 기르는 작물로 이 시에 나오는 벼의 성질은 농민의 속성과 통합니다. 벼에 대해 말하고 있지만 사실은 농민에 대해 이야기하는 것이고, 여기서의 농민은 민중을 대변하는 계층이라고 보면 되겠습니다.

작품해설 / 제목대로 이 시는 벼에 대해 이야기합니다. 벼가 서로 어우러져 기대고 살고, 깊이 익어 이웃들에게 저를 맡긴다는 말은 벼의 생태를 지적한 것입니다. 또한 서로가 서로의 몸을 묶는다는 것은 추수를 위해 한데 묶여진 벼의 모습을 표현한 것입니다. 하지만 이 같은 벼의 생리는 그 자체에 제한되지 않고 벼를 기르는 농민의 생활 양상으로 전환됩니다. 의미에 있어서나 표현에 있어서나 이 시의 요체가 되는 것은 벼의 성질과 통하는 농민의 삶입니다. 힘없는 백성으로서 농민은 유대를 통해 삶을 지켜가지만 언제나 죄없이

더 알아두기

이 시가 농민에 대해 이야기하고 있음은 이웃, 백성, 마음, 가슴, 사랑 같은 낱말들을 통해 알 수 있습니다. 벼의 생리에 비유된 농민의 속성은 연대와 희생과 인내와 헌신으로 집약할 수 있습니다. 이런 삶의 양상이 무엇을 위한 것이냐고 물을 수 있는데, 그 대답은 마지막에 제시돼 있습니다. 벼와 같은 삶의 원리는 당장에는 가혹한 현실을 이겨내게 하고, 나중에는 더 나은 세상을 이룩할 수 있게 하는 넉넉한 힘이 됩니다. 또한 '피 묻은 그리움' 이란 표현에는 억압 속에서 내일을 꿈꾸는 농민의 소망이 담겨 있습니다.

착취당합니다. 하지만 자신들의 서러움과 노여움을 속으로 다스리면서 개인보다 더 큰 공동체와 지금보다 더 나은 미래를 위해 인내하고 헌신하죠. 벼가 사람의 목숨을 위해 스스로를 바치는 것처럼 농민은 서로를 위해 기꺼이 자신을 희생합니다. 이것이 바로 농민의 사랑입니다. 벼가 쓰러졌다 다시 일어나는 것처럼 농민도 꿋꿋하게 견뎌내며 삶을 유지합니다. 또한 이것이 바로 농민의 힘인 것입니다.

- 벼는 왜 서로 기대고 사는지, 그런 벼의 생태가 이 시에서 의미하는 것은 무엇인지 생각해 봅시다.
- 언제까지 서러움은 씻기만 하고 노여움은 덮기만 하면서 살아야 할까요?
- 농민이 그리워하는 세상은 어떤 것인지 생각해 봅시다.

낡은 집 _이용악

날로 밤으로
왕거미 줄치기에 분주한 집
마을서 흉집이라고 꺼리는 낡은 집.
이 집에 살았다는 백성들은
대대손손에 물려줄
은동곳* 도 산호 관자* 도 갖지 못했니라.

재를 넘어 무곡* 을 다니던 당나귀
항구로 가는 콩실이에 늙은 둥글소*
모두 없어진 지 오래
외양간엔 아직 초라한 내음새 그윽하다만
털보네 간 곳은 아무도 모른다.

찻길이 놓이기 전

● 이용악(1914～1971)은 함경북도 경성에서 태어났습니다. 그 후 일본으로 유학을 가서 니혼대학 예술과와 조치대학 신문학과를 졸업하였습니다. 만주 등을 돌아다니며 식민지 유민들의 비극적인 생활을 체험하고, 이를 시화하는 데 주력하였습니다. 날카로운 현실 의식을 바탕으로 실제 삶의 양상을 절실한 이야기 시로 탁월하게 표현했다고 평가 받고 있습니다.

노루 멧돼지 쪽제비 이런 것들이
앞뒤 산을 마음 놓고 뛰어다니던 시절
털보의 셋째 아들은
나의 싸리말 동무*는
이 집 안방 짓두광주리 옆에서
첫 울음을 울었다고 한다.

"털보네는 또 아들을 봤다우.
송아지래도 불었으면 팔아나 먹지."
마을 아낙네들은 무심코
차가운 이야기를 가을 냇물에 실어 보냈다는
그 날 밤
저릎 등*이 시름시름 타 들어가고
소주에 취한 털보의 눈도 한층 붉더란다.

갓주지* 이야기와
무서운 전설 가운데서 가난 속에서
나의 동무는 늘 마음 졸이며 자랐다.
당나귀 몰고 간 애비 돌아오지 않는 밤
노랑 고양이 울어 울어
종시 잠 이루지 못한 밤이면,
어미 분주히 일하는 방앗간 한 구석에서

나의 동무는

도토리의 꿈을 키웠다.

그가 아홉 살 되던 해

사냥개 꿩을 쫓아다니는 겨울

이 집에 살던 일곱 식솔이

어디론지 사라지고 이튿날 아침

북쪽을 향한 발자욱만 눈 위에 떨고 있었다.

더러는 오랑캐령 쪽으로 갔으리라고

더러는 아라사*로 갔으리라고

이웃 늙은이들은

모두 무서운 곳을 짚었다.

지금은 아무도 살지 않는 집

● 은동곳 : 상투에 꽂는 남자 장신구.
관자 : 망건 줄을 꿰는 고리.
무곡 : 장사를 위해 곡식을 몰아서 사들임.
둥글소 : 큰 수소.
싸리말 동무 : 싸리로 만든 말을 타고 함께 놀던 친구, 죽마고우.
저릎 등 : 삼대를 이용해 만든 등.
갓주지 : 갓 쓴 주지 스님, 무서운 사람.
아라사 : 러시아.
글거리 : 그루터기.

마을서 흉집이라고 꺼리는 낡은 집
제철마다 먹음직한 열매
탐스럽게 열던 살구
살구나무도 글거리*만 남았길래

꽃 피는 철이 와도 가도 뒤 울안에
꿀벌 하나 날아들지 않는다.

더 알아두기

털보네 셋째 아들의 출생에 대한 마을 아낙네들의 반응은 유민의 가난을 단적으로 보여줍니다. 사람이 소보다 못하게 여겨지는 세상이었던 것입니다. 등장하는 옛 물건의 이름과 함경도 방언이 꽤 까다롭지만 시골의 정겨움이 느껴집니다.

읽기 전에 생각하기 / 이 시는 나라 잃은 시대에 삶의 터전을 잃고 만주나 시베리아로 떠나야만 했던 유민流民의 삶을 그린 작품입니다. 식민지 지배 아래에 놓인 민족의 현실에 대한 예리한 인식에 기반을 두고, 하층민의 피폐한 삶의 모습을 사실적으로 그려냈습니다. 민족의 고난과 민중의 수난을 비극적인 이야기에 담아 전하는 작품입니다.

작품해설 / 낡은 집에 얽힌 이야기를 시로 풀어냈습니다. 마을에서 흉가라고 꺼리는 낡은 집이 있었는데, 원래 그 집에는 털보네가 살았습니다. 털보네는 무척 가난했습니다. 털보네 셋째 아들은 화자인 나의 친구입니다. 그가 아홉 살 되던 해 일곱 명이나 되는 식구가 모두 사라졌습니다. 일제의 지배 아래에서 먹고 살 길이 없어 조국을 버리고 북쪽으로 떠난 것입니다. 오랑캐령을 넘어 만주로 갔거나 러시아로 갔을 것이라 추측하기는 하지만 정확히 어딘지는 아무도 모릅니다. 고향을 버리고 살 곳을 찾아 다른 나라로 떠날 수밖에 없었던 가족의 비극적인 삶에 대한 이야기로, 털보네는 당시에 실제로 조국을 떠나야 했던 수많은 유랑민의 한 사례인 것이죠.

- 털보네는 얼마나 가난했기에 조국을 버리고 떠났을까요?
- 고향을 떠난 털보네는 어떻게 되었을까요?
- 친구 이야기를 하는 화자의 심정은 어떨지, 만약 나라면 어떠했을지 이야기해 봅시다.

풀벌레 소리 가득 차 있었다 _이용악

우리집도 아니고
일가집도 아닌 집
고향은 더욱 아닌 곳에서
아버지의 침상寢床* 없는 최후最後의 밤은
풀벌레 소리 가득 차 있었다.

노령露領*을 다니면서까지
애써 자래운 아들과 딸에게
한마디 남겨 두는 말도 없었고,
아무을만灣의 파선*도
설룽한* 니코리스크의 밤*도 완전히 잊으셨다.
목침을 반듯이 벤 채.

다시 뜨시잖는 두 눈에
피지 못한 꿈의 꽃봉오리가 갈앉고
얼음장에 누우신 듯 손발은 식어 갈 뿐
입술은 심장의 영원한 정지停止를 가리켰다.
때늦은 의원醫員이 아모 말없이 돌아간 뒤

이웃 늙은이의 손으로
눈빛 미명은 고요히
낯을 덮었다.

우리는 머리맡에 엎디어
있는 대로의 울음을 다아 울었고
아버지의 침상 없는 최후의 밤은
풀벌레 소리 가득 차 있었다.

침상 : 침대.
노령 : 러시아 영토로 시베리아 일대.
아무을만의 파선, 설룽한 니코리스크의 밤 : 노령에 이르기까지의 험난했던 여정을 뜻함.
설룽한 : 써늘하다.

읽기 전에 생각하기 / 이 시는 외롭고 쓸쓸하고 비참한 아버지의 죽음을 소재로 조국을 떠나 이국을 떠돌아야만 했던 유민의 아픔을 형상화한 작품입니다. 이 시에 등장하는 아버지와 자식들은 식민지 시대에 경제적인 곤란과 사회적인 억압 때문에 고국을 버리고 만주, 간도, 러시아 등으로 이주해 간 유랑민의 전형으로, 이들의 삶의 형편은 모든 유랑민에게 보편적으로 해당된다 하겠습니다.

작품해설 / 아버지가 돌아가신 곳은 러시아입니다. 그곳은 완전히 낯선 타국 땅으로 아버지의 죽음을 더욱 비참하게 만듭니다. 생존을 위해 자식을 이끌고 태어난 고향을 떠나온 아버지가 아무도 없는 이국에서 외롭고 쓸쓸하게 돌아가신 것입니다. 침대도 없는 구차한 방에서 한마디 말도 없이 눈을 감은 아버지의 죽음을 지켜준 것은 풀벌레 소리뿐이었습니다. 아버지가 펴 보지 못한 꿈은 거창한 것이 아닌 자식과 함께 먹고 사는 것이었습니다. 하지만 그 소박한 꿈마저 이룰 수 없을 정도로 당시의 시대적 상황은 열악하고 처참했던 것이죠.

더 알아두기

우리나라가 아닌 러시아라는 상황에서 볼때 '침상 없는 방' 이란 말은 작중 인물들이 지독하게 가난했음을 말해줍니다. 또한 제목이자 첫 번째 연과 마지막 연에서 반복되는 '풀벌레 소리 가득 차 있었다' 는 말은 자식들 외에는 아버지의 죽음을 애도하는 이가 없다는 사실을 부각시키면서, 객사의 처참함과 삭막함을 청각적 이미지로 형상화합니다.

- 아버지는 왜 자식들을 데리고 러시아까지 갔을까요?
- 러시아까지 가는 과정은 어떠했을지 상상해 봅시다.
- 이국땅에서 아버지의 죽음을 겪은 자식의 심정은 어땠을까요?

그리움 _이용악

눈이 오는가 북쪽엔
함박눈 쏟아져 내리는가.

험한 벼랑을 굽이굽이 돌아간
백무선白茂線 철길 위에
느릿느릿 밤새어 달리는
화물차의 검은 지붕에

연달린 산과 산 사이
너를 남기고 온
작은 마을에도 복된 눈 내리는가.

잉크병 얼어드는 이러한 밤에
어쩌자고 잠을 깨어
그리운 곳 차마 그리운 곳.

눈이 오는가 북쪽엔
함박눈 쏟아져 내리는가.

읽기 전에 생각하기 / 제목인 '그리움' 은 고향과 거기에 두고 온 가족에 대한 마음을 그대로 나타냅니다. 고향을 떠나온 시인이 눈 내리는 겨울밤 고향의 가족을 그리며 쓴 시로, 단순한 형태와 간결한 문장이 그리움에 집중하는 시인의 단일한 심정을 잘 표현하고 있습니다.

작품해설 / 전체 5연으로 구성된 이 시는 시작과 끝에 동일한 문장으로 된 연을 반복하고 있습니다. 북쪽에 눈이 오는지를 묻는 이 문장은 작품의 배경을 조성하는 동시에 그 주제를 암시합니다. 북쪽은 시인의 고향입니다. 굳이 북쪽이라 지칭한 것으로 봐서 시인은 지금 남쪽에 있음을 알 수 있습니다. 이 시는 해방 직후 겨울에 씌어진 것으로 알려져 있습니다. 따라서 북쪽과 남쪽 사이에는 지리적 거리뿐만 아니라 심리적 · 이념적 거리도 개입합니다. 고향에

더 알아두기

이용악은 고향에 머물다 해방이 되자 서울로 와서 활동하였습니다. 해방 직후 혼자 객지에 나와 생활하면서 고향을 그리워하는 심정을 이 시에 담았습니다. 무산은 그의 처가가 있는 곳으로, 가족을 그곳에 두었습니다. 백무선은 북쪽의 양강도 백암과 함경북도 무산을 잇는 철도입니다. 백무고원 지대 '연달린 산과 산 사이' '험한 벼랑을 굽이굽이 돌아' 두만강 연안의 무산역에 이르게 됩니다. '차마 그리운 곳' 이란 문장은 문법에는 어긋납니다. 여기서의 '차마' 는 뒤에 오는 동사를 부정하는 의미의 부사가 아닌, 애틋하고 안타까워서 감히 어찌 할 수 없다는 뜻으로 긍정의 문맥으로 쓰였습니다. 결국 그리워하지 않을 수 없음을 강조하는 것이죠.

대한 그리움이 간절한 이유가 여기에 있습니다. 2연과 3연은 서로 이어지면서 고향을 오가는 기차와 고향 마을에 눈 내리는 풍경을 그리고 있습니다. 때는 겨울이니 눈 많은 북쪽에도 지금쯤 눈이 내리고 있을 터입니다. 백무선 철길을 달리는 기차는 시인이 고향으로 돌아갈 때 타야 할 기차이자 고향을 떠나올 때 탔던 기차입니다. 고향을 상상하던 시인의 의식은 4연에서 다시 현실로 돌아옵니다. 지금 그는 객지에 있습니다. 날씨는 엄청나게 추워 잉크병마저 얼어붙을 정도입니다. 추위에 잠을 깬 시인은 이곳보다 더 추운 고향을 그리워하며 잠을 못 이룹니다. 그곳은 그립고도 그리운 곳이기 때문입니다.

- 북쪽은 알 수 없다고 치고 남쪽에는 지금 눈이 오고 있을까요?
- 왜 눈 내리는 것과 그리움을 연결했을까요?
- 차마 그리운 것은 얼마나 그리운 걸 의미하는지 생각해 봅시다.

절정絶頂 _이육사

매운 계절季節의 채찍에 갈겨
마침내 북방北方으로 휩쓸려 오다.

하늘도 그만 지쳐 끝난 고원高原
서릿발 칼날진 그 위에 서다.

어디다 무릎을 꿇어야 하나
한 발 재겨 디딜 곳조차 없다.

이러매 눈 감아 생각해 볼밖에
겨울은 강철로 된 무지갠가 보다.

● 이육사(1904~1944)는 본명은 원록原祿 또는 활活이며 시인이자 독립 운동가로 경상북도 안동에서 태어났습니다. 중국 베이징 조선군관학교와 베이징대학 사회학과를 졸업하였습니다. 무장 항일 운동 단체인 의열단에 가입해 활동했고, 각종 투쟁에 연루돼 모두 열일곱 번에 걸쳐 옥고를 치렀습니다. 우리나라와 중국을 오가며 독립 운동을 펼치다 베이징 감옥에 수감되어 해방되기 한 해 전에 옥사하여 생을 마감하였습니다. 육사란 호는 독립 운동을 하다 형무소에 수감됐을 때 붙였던 번호인 '264'에서 딴 것입니다.

읽기 전에 생각하기 / 이육사의 시에는 식민지 시대의 암담한 상황을 극복하려는 강인한 의지가 표현되어 있습니다. 그래서 그의 시는 독립 운동과 분리해서 생각할 수 없습니다. 작품에 표현된 상황에는 당시의 현실이 반영되어 있고, 작중 인물이나 화자에는 시인의 초상이 투영되어 있습니다.

작품해설 / 전체 4연 2행으로 구성된 이 시는 극한적인 시대 상황과 그에 대응하는 시인의 의지를 간결하면서도 상징적으로 담아냈습니다. 1연과 2연에는 시인이 처한 상황이 제시되어 있습니다. 시인은 북방으로 쫓겨 왔는데, 그 이유를 매운 계절의 채찍 때문이라 하였습니다. 여기서의 '매운 계절' 은 겨울이고 '채찍' 은 탄압이며, '견디기 힘든 가혹한 추위' 란 식민지 지배의 참담한 고통을 의미합니다. 시인이 서 있는 곳은 고원의 끝, 얼어붙은 서릿발이 칼날

더 알아두기

일반적으로 무릎을 꿇는 행동은 패배를 의미하나 이 시에서는 그렇지 않습니다. 극한 상황에서 벗어나기 위한 방법으로서 자신보다 더 강력한 힘을 가진 존재에게 호소하거나 도움을 청하는 행위로서 무릎을 꿇는 것입니다. 이것은 포기나 항복의 표시가 아니라 기도의 자세에 가깝습니다. 하지만 그러한 방법은 곧바로 부정됩니다. 현재의 상황이 그런 방식으로 해결될 여유도 없기 때문입니다. '겨울은 강철로 된 무지갠가 보다' 란 구절에 대해서는 여러 가지 해석이 제기되어 있으나 시인의 심리로 보는 관점과 상황 판단으로 보는 시각이 가장 널리 인정됩니다. 전자에 의하면, 강철은 상황의 비정함을 의미하고 무지개는 극한 상황에 맞서는 고통의 황홀함을 표현합니다. 후자에 따르면, 강철은 겨울의 지속성이며 무지개는 그 순간성을 나타냅니다.

처럼 날카롭게 뻗친 절정의 자리입니다. 뒤의 3연과 4연에는 이러한 극한적 상황에 처한 시인의 반응이 표현되어 있습니다. 무릎을 꿇으려 해봐도 그럴 여지조차 없습니다. 고통과 위험에서 벗어나는 일은 오로지 자신의 의지와 투쟁에 의해서만 가능한 것입니다. 시인은 잠시 눈을 감고 생각해 봅니다. 어찌할 것인가요? 결국 자신을 절정으로 내몬 이 겨울은 '강철로 된 무지개' 라고 생각하게 됩니다.

- 무릎을 꿇으면 안 되는 이유를 시인이 처한 현실에서 생각해 봅시다.
- '겨울은 강철로 된 무지개' 가 의미하는 바는 무엇입니까?
- 절정이 지나면 어떤 날이 오는 것일까요?

교목 喬木 _이육사

푸른 하늘에 닿을 듯이
세월에 불타고 우뚝 남아서서
차라리 봄도 꽃피진 말아라.

낡은 거미집 휘두르고
끝없는 꿈길에 혼자 설레이는
마음은 아예 뉘우침이 아니라.

검은 그림자 쓸쓸하면
마침내 호수 속 깊이 거꾸러져
차마 바람도 흔들진 못해라.

읽기 전에 생각하기 / 이육사 시의 특징은 독립운동가로서 강인한 의지와 가열한 정신을 표출하면서도 고도의 상징적인 언어와 정제된 형식을 구축했다는 데 있습니다. 시인이 훌륭한 일을 한다고 자동적으로 시가 좋아지는 것은 아닙니다. 시인의 행위와는 별도로 시가 갖춰야 할 조건이 따로 있기 때문입니다.

작품해설 / 교목은 줄기가 곧고 굵으며 8미터 이상 높이 자라는 나무를 말하며 대표적인 예로 소나무가 있습니다. 이 시에서 교목은 바로 시인의 표상입니다. 견디기 힘든 시련이 닥쳐도 자신의 의지나 기개를 꺾지 않고 살고자 하는 삶의 자세를 표현한 것입니다. 전체 3행씩 3연으로 구성된 이 시에서는 시인의 삶의 태도가 상징적으로 형상화되어 있습니다. 1연에서 교목은 하늘에

더 알아두기

교목에게 차라리 봄에도 꽃피지 말라고 명령하는 것은 그 봄과 꽃이 시인이 진정으로 바라는 것들이 아니기 때문입니다. 봄에 꽃을 피우기 위해 자신의 의지와 신념을 버려야 한다면 차라리 꽃을 피우지 않겠다는 결의를 보여주는 표현이죠. 여기서 꽃은 개인적인 영화나 명예 같은 것입니다. 낡은 거미집은 꽃을 대신합니다. 비록 꽃을 피우지 못하고 낡은 거미집을 휘두른다 하더라도 목표를 향한 시인의 의지에는 변함이 없을 것이고, 후회도 없을 것입니다. 검은 그림자와 바람은 모두 시인의 신념을 방해하는 것입니다. 검은 그림자는 현실의 암담한 상황을 말하고, 바람은 갖가지 시련과 유혹을 뜻합니다. 또한 교목이 호수 속에 거꾸러진다는 것은 죽음을 의미합니다.

닿을 정도로 높게 우뚝 서 있는 모습으로 표현됩니다. 여기서 '세월에 불탄다' 는 말은 시대의 고통을 겪는다는 뜻입니다. 2연은 시인의 꿈을 말하고 있습니다. 시 속에서의 꿈은 시인의 목표인 동시에 그것을 이루기 위한 의지와 신념을 모두 포함합니다. 3연에는 시인의 비장한 각오가 나타나 있습니다. 죽음이 닥치더라도 교목같이 곧고 굳은 의지를 포기하지 않겠다는 다짐인 것입니다.

- 과연 교목을 시인의 초상으로 볼 수 있을까요?
- 교목말고 다른 것을 빌어 말한다면 무엇이 될지 생각해 봅시다.
- 화자의 결연하고 단호한 태도를 드러내는 시어를 찾아 봅시다.

꽃 _이육사

동방은 하늘도 다 끝나고
비 한 방울 내리잖는 그 때에도
오히려 꽃은 빨갛게 피지 않는가?
내 목숨을 꾸며 쉬임 없는 날이여!

북北쪽 툰드라에도 찬 새벽은
눈 속 깊이 꽃 맹아리가 옴작거려
제비 떼 까맣게 날아오길 기다리나니
마침내 저버리지 못할 약속이여.

한바다 복판 용솟음치는 곳
바람결 따라 타오르는 꽃 성城에는
나비처럼 취醉하는 회상回想의 무리들아.
오늘 내 여기서 너를 불러 보노라.

읽기 전에 생각하기 / 이육사의 다른 시와 마찬가지로 이 시 역시 상징적 표현을 통해 조국 독립을 위한 강렬한 의지를 표현하고 있습니다. 이육사는 시를 통해 자신의 신념과 의지를 표출하는 동시에 실제 행동으로 이를 실천하였던 인물입니다. 이육사는 문학과 생활, 표현과 실천의 일치를 보여준 흔치 않은 인물로, 그의 시를 읽을 때는 시와 삶의 상관관계를 항상 염두에 둬야 합니다.

작품해설 / 전체 4행씩 3연으로 구성된 작품으로 각 연은 시대 상황에 대한 상징적 비유와 그에 대응하는 시인의 의지 표현이 잘 결합되어 있습니다. 여기서 시인이 처한 상태는 극한적입니다. 시 속의 '하늘' 과 '비' 는 생명 유지의 조건을 뜻합니다. 그렇지만 시인은 지금 하늘도 끝나고 비도 내리지 않아 그

더 알아두기

'동방' 은 우리나라를 일컫습니다. 시인이 있는 곳은 한반도의 북쪽 끝 툰드라로 빙하와 만년설로 덮인 추운 지역입니다. 여기서 내 목숨을 꾸민다는 말은 해방을 위해 목숨을 바친다는 뜻입니다. '맹아리' 는 망울의 경상북도 사투리입니다. 꽃이 피고 제비가 날아오면 봄이 온 것입니다. 봄은 해방과 광복의 날이고, 이를 이룩하기 위한 투쟁과 노력은 끝까지 저버리지 못할 약속입니다. 마지막 연은 가정에 토대를 두고 있습니다. 꽃이 피는 날은 미래이고 해방이 이루어져야 과거를 회상할 수 있습니다. '용솟음' 은 해방의 기쁨의 표현이고, '꽃' 은 광복의 상징이며, '나비' 처럼 취하는 일은 해방의 감격에 도취하는 것입니다. 오늘의 시점에서 미래의 사람들을 불러 보는 것은 미래를 전망함으로써 오늘의 노력을 위한 다짐을 새롭게 하려는 뜻을 가집니다.

어떤 생명도 살아갈 수 없을 것 같은 곳에 위치하고 있습니다. 또한 생명이란 참으로 강인한 것이어서 이런 악조건 속에서도 '꽃' 을 피웁니다. 눈과 얼음으로 뒤덮인 곳에서도 봄은 오고 꽃은 피었습니다. 척박하고 황량한 땅에서도 어김없이 피는 꽃을 보며 암울하고 참담한 현실을 극복하기 위한 투쟁과 저항의 의지를 강하게 표출하고 있습니다.

- 이 시에서 '개화' 開化에 대해 지니는 화자의 인식이 무엇인지 찾아봅시다.
- 꽃이 피는 것과 해방을 이루는 것이 서로 통하는 이유는 무엇일까요?
- 광복이 되지도 않았는데, 회상이란 말을 쓴 까닭이 무엇인지 생각해 봅시다.

청포도 青葡萄 _이육사

내 고장 칠월은
청포도가 익어 가는 시절.

이 마을 전설이 주저리주저리 열리고,
먼 데 하늘이 꿈꾸며 알알이 들어와 박혀,

하늘 밑 푸른 바다가 가슴을 열고
흰 돛 단 배가 곱게 밀려서 오면,

내가 바라던 손님은 고달픈 몸으로,
청포靑袍를 입고 찾아온다고 했으니,

내 그를 맞아 이 포도를 따 먹으면,
두 손은 함뿍 적셔도 좋으련.

아이야, 우리 식탁엔 은쟁반에
하이얀 모시 수건을 마련해 두렴.

읽기 전에 생각하기 / 이육사는 식민지 시대에 활동한 대표적인 저항 시인입니다. 그가 쓴 대부분의 저항시에는 투쟁의 의지와 헌신의 결의가 강인한 남성적 어조와 강렬한 심상으로 천명되어 있습니다. 이 시는 미래의 소망에 대해 말한다는 점에서 보면 다른 저항시와 상통하지만 어조와 심상 면에서는 상당한 차이를 보입니다. 이 시의 특징은 부드러운 어조와 밝은 심상을 사용하여 반드시 이루어져야 할 간절한 꿈을 노래했다는 데 있습니다.

작품해설 / 이 시의 주제는 시인의 삶이나 시대 상황으로 보면 광복에 대한 염원이라 할 수 있으나, 실제 작품에 나타난 내용은 그보다 폭넓은 의미를 내포합니다. 해방, 풍요롭고 평화로운 삶, 희망의 실현에 대한 기다림 등이 모두 주제에 포함됩니다. 시인은 청포도가 익어가는 고향의 여름을 생각합니다. 그때가 되면 오랫동안 기다린 손님이 찾아올 것이고, 그를 맞아 포도를 풍성하

더 알아두기

이 시에 나오는 청포도는 그냥 청포도가 아닙니다. 거기에는 전설과 하늘이 관련되어 있습니다. 전설은 평화롭고 풍요로운 삶에 대한 이야기고, 하늘은 이상과 희망의 표상입니다. 손님이 고달픈 것은 고향을 떠나 먼 곳을 떠돌아 다녔기 때문이고, 고향을 떠날 수밖에 없었던 이유는 역사적 상황 때문이라고 유추할 수 있습니다. 청포는 푸른 빛깔의 베로 청포도의 색깔과 통합니다. 손님을 위해 준비한 포도의 향연은 기쁨과 풍요의 표현입니다. 은쟁반에 하얀 모시수건을 준비하란 말은 실제 행동에 대한 촉구라기보다는 꿈과 이상의 실현을 위해 마음을 가다듬어야 한다는 다짐으로 봐야 합니다.

게 대접할 것입니다. 그 때를 위해 지금은 은쟁반과 모시수건을 준비할 때입니다. 정성을 다해 귀한 손님을 맞을 준비를 하는 마음가짐 속에 소망의 간절함과 그 실현을 위한 노력이 표현되고 있습니다.

- 이 시에서 '청포도'가 상징하는 의미를 생각해 봅시다.
- 이 시의 시각적 이미지는 어떻게 나타나 있는지 찾아봅시다.
- 손님은 과연 어디를 갔다 오는 것일까요?

봄은 고양이로다 _이장희

꽃가루와 같이 부드러운 고양이의 털에
고운 봄의 향기香氣가 어리우도다.

금방울과 같이 호동그란 고양이의 눈에
미친 봄의 불길이 흐르도다.

고요히 다물은 고양이의 입술에
포근한 봄 졸음이 떠돌아라.

날카롭게 쭉 뻗은 고양이의 수염에
푸른 봄의 생기生氣가 뛰놀아라.

● 이장희(1900~1929)는 불행하게 살다 간 시인으로 여섯 살 때 어머니가 돌아가시고, 아버지는 잇단 상처喪妻로 세 번의 결혼을 했고 슬하에 12남 9녀, 21남매를 두었습니다. 가정환경만 보더라도 시인의 삶이 평탄치 않았음을 짐작할 수 있습니다. 열네 살의 나이로 일본에 유학을 다녀온 후 열아홉에 시인이 되었지만 끝내 서른 살의 젊은 나이에 극약을 먹고 자살하여 생을 마감했습니다. 사망 직후 묘를 썼다고 전해지나 찾지 못했습니다.

읽기 전에 생각하기 / 개인적 삶이 불행해서인지 이장희의 시는 대부분 슬프고 우울한데요, 이 시만은 예외입니다. 이 시는 당대의 어떤 시와도 다른 느낌을 줍니다. 다른 시는 뜻 깊은 말로 의미를 전하려하는데, 이 시는 그렇지 않습니다. 그림을 보거나 음악을 듣는다고 생각하고 읽으면 됩니다. 그림을 감상할 때 우리는 모양과 색깔에 집중하고 음악을 감상할 때 우리는 멜로디와 리듬에 열중합니다. 뜻이나 의미는 관심 밖이죠. 이 시도 그렇게 감상하면 됩니다.

작품해설 / 봄이 고양이라고 의미를 부여하는 이 시는 전체 4연으로 구성되었습니다. 이 시가 특별한 느낌을 주는 가장 큰 이유는 봄은 고양이처럼 어떻다든가 고양이가 봄처럼 어떻다고 하지 않고 바로 봄이 곧 고양이라고 단정해 버린 데 있습니다. 여기에 시인의 머뭇거림이나 망설임은 전혀 없습니다. 그래서 비유가 아닌 사실처럼 느껴집니다. 분명 비유인데 사실처럼 말하니 비유

더 알아두기

이 시에는 어려운 낱말이나 구절이 없습니다. 쉬운 문장으로 좋은 시를 썼습니다. 다만 '봄의 불길' 이 뭘 나타내는지가 다른 것들에 비해 모호하지만 일반적으로 봄의 강력한 생명력을 표현한다고 봅니다. 그런데 여기서 유의할 것은 이 생명력의 움직임이 자연에 속한 것이 아니고 사람에게 해당된다는 점입니다. 봄이 와서 미치는 것이 바로 사람이란 얘기입니다.

와 사실의 경계가 희미해지고, 바로 거기서 특이한 느낌이 일어납니다.

전체 내용은 간단합니다. 고양이의 털에는 봄의 향기가 어리고, 눈에는 불길이 흐르고, 입술에는 졸음이 떠돌고, 수염에는 생기가 뛰놉니다. 털, 눈, 입술, 수염은 고양이의 특징이고, 향기, 불길, 졸음, 생기는 봄의 특성으로 일대일로 대응하는데, 시인이 보기에 그렇다는 것이지 달리 깊은 이유가 있지는 않습니다.

- '봄' 이 고양이라면, 여름, 가을, 겨울은 무엇일지 상상해 봅시다.
- 미친 봄의 불길이 흐른다고 할 만한 느낌은 과연 무엇일까요?
- 이 시에서 감각적 이미지가 드러난 부분을 찾아봅시다.

살아 있는 날은 _ 이해인

마른 향내 나는
갈색 연필을 깎아
글을 쓰겠습니다.

사각사각 소리나는
연하고 부드러운 연필 글씨를
몇 번이고 지우며
다시 쓰는 나의 하루

예리한 칼끝으로 몸을 깎이어도
단정하고 꼿꼿한 한 자루의 연필처럼
정직하게 살고 싶습니다.

나는 당신의 살아 있는 연필

이해인(1945 ~)은 강원도 양구에서 태어나 현재 수녀이자 시인으로 활동중입니다. 종교인이 쓴 시라 하느님에 대한 기도와 참회가 작품의 주조를 이루고 있으나 소박한 시어와 간절한 어조로 사랑과 은총, 평화와 안식에 대한 절실한 소망을 노래해 신앙과 상관없이 읽는 모든 이에게 감동을 줍니다.

어둠 속에도 빛나는 말로
당신이 원하시는 글을 쓰겠습니다.

정결한 몸짓으로 일어나는 향내처럼
당신을 위하여
소멸하겠습니다.

읽기 전에 생각하기 / 종교인에게 있어 삶과 죽음의 의미는 일반인과는 다르게 느껴질 수도 있기 때문에, 이 시에 나타난 삶의 태도와 죽음의 자세는 특정 종교를 바탕으로 이해하는 것이 좋습니다. 이 시의 시인은 수녀입니다. 수녀는 청빈 · 정결 · 복종을 서약하고 독신으로 수도하는 삶을 사는데요, 이런 덕목이 작품에 잘 형상화되어 있습니다.

작품해설 / 제목을 보면 시인이 죽음을 염두에 두고 있음을 알 수 있는데요, 삶과 죽음은 모두 하느님이 주신 것이라는 사실을 전제로 바람직한 삶의 자세를 다짐하는 내용의 작품입니다. 시인은 글을 쓰겠다고 하고, 글을 쓰는 도구인 연필처럼 살겠다고 하는데, 글을 쓰는 일과 연필 모두 단순한 행동이나 도구의 차원을 넘어 비유적인 의미를 부여받습니다. 글을 쓰는 것은 일반적으로 성실하고 진지한 행동인데, 시인은 여기에 경건함과 반성적 태도를 추가합니

더 알아두기

이 시는 의미론상 두 부분으로 나누어집니다. 1연에서 3연까지는 일반적인 삶의 자세를 글쓰기와 연필에 비유해 표현하는 부분으로 특별히 종교적인 의미를 지니지 않습니다. 이 시가 강조하는 종교적 의미는 마지막 두 연에 집중되어 있습니다. '당신' 은 하느님이고, 시인은 하느님의 살아 있는 연필이니, 시인이 쓰는 것은 자기의 뜻이 아니고 하느님의 뜻입니다. 연필이 닳아 없어지는 것처럼 시인도 결국은 이 세상에서 소멸할 텐데, 그 역시 하느님을 위한 일입니다. 글을 쓰고 살고 죽는 것이 모두 하느님을 위한 일이라고 하니 이 시는 하느님을 위한 열렬한 기도이기도 한 셈입니다.

다. 글을 쓰되 아무것으로나 쓰지 않고 향내 나는 연필로 쓰겠다는 것은 경건성의 표시고, 몇 번이고 지우고 다시 쓰겠다는 것은 스스로를 반성하는 자세의 표현입니다. 그리고 여기서 말하는 글쓰기는 작문이 아니라 삶 그 자체를 뜻하며 연필은 단정하고 곧고 굳세고 정직한 삶의 태도를 표상합니다.

- 시인이 글을 쓰려고 하는 이유는 무엇일까요?
- '당신' 이 하느님이 아닌 다른 사람일 수는 없을까요?
- 시인이 쓰고 싶어하는 글은 어떤 내용인지 생각해 봅시다.

긴 두레박을 하늘에 대며 _이해인

1

하늘은 구름을 안고 움직이고 있다. 나는 세월을 안고 움직이고 있다. 내가 살아 있는 날엔 항상 하늘이 열려 있다. 살아 있는 모든 것들이 하늘과 함께 움직이고 있다.

2

그 푸른 빛이 너무 좋아 창가에서 올려다본 나의 하늘은 어제는 바다가 되고 오늘은 숲이 되고 내일은 또 무엇이 될까. 몹시 갑갑하고 울고 싶을 때 문득 쳐다본 나의 하늘이 지금은 집이 되고 호수가 되고 들판이 된다. 그 들판에서 꿈을 꾸는 내 마음. 파랗게 파랗게 부서지지 않는 빛깔.

3

아아 하늘, 하늘에다 나를 맡기고 싶다. 구름처럼 안기고 싶다. 서러울 때는 하늘에 얼굴을 묻고 아이처럼 순하게 흑흑 느껴 울고 싶다.

4

하늘에 노을이 타고 있다. 사랑하는 사람들의 가슴을 온통 피로 물들이듯 타오르는 노을. 나의 아픔 그리움에도 일제히 일어서서 가슴 속에 노을로 타고 있다.

5

하늘에 노을이 지고 있다. 타다가 타다가 검붉은 재로 남은 나의 그리움이 숨어서 숨어서 노을로 지고 있다.

6

'하늘' 이란 말에서 조용히 피어오르는 하늘빛 향기. 하늘의 향기에 나는 늘 취하고 싶어 '하늘', '하늘' 하고 수없이 뇌어보다가 잠이 들었다. 자면서도 또 하늘을 생각했다.

7

하늘을 생각하다 잠이 들면 나는 하늘을 나는 한 마리 새, 연두색 부리로 꿈을 쪼으며 하늘을 집으로 삼은 따뜻하고 즐거운 새.

8

하늘은 환희의 바다. 날마다 구름으로 돛을 올리고 당신과 함께 내가 떠나는 무한의 바다. 하늘은 이별의 강. 울어도 젖지 않고, 흐르지 않는 늘 푸른, 말이 없는 강.

9

하늘은 속일 수 없는 당신과 나의 거울. 당신이 하늘을 볼 때 보이는 나의 얼굴. 내가 하늘을 볼 때 보이는 당신 얼굴. 하늘은 모든 걸 다 알고 있어도 흔들림이 없다. 깨어지지 않는다. 자주 들여다보기가 갈수록 두려워지는 너무 크고 투명한 나의 거울.

10

지구 위에 살다가 사라져 간 이들의 숱한 이야기를 알고 있는 하늘. 오늘을 살고 있는 이들의 모든 이야기를 또한 기억하는 하늘. 하늘은 그래서 죽음과 삶을 지켜보는 역사의 증인.

11

하늘이 내려 준 하늘의 진리—

하늘은 단순한 자에게 열린다는 것.

하늘은 날마다 노래를 들려 준다. 티없는 목소리로 그가 부르는 노래. 나같은 음치로 따라 할 수 있는 맑고 푸른 노래. 온몸으로 그가 노래를 하면 나는 그의 노래가 되어 하늘로 오르고 싶다.

12

오늘도 하늘을 안고 잠을 잔다. 내일도 하늘을 안고 깨어나리라. 나의 모든 것, 유일한 기쁨인 사랑. 사랑엔 말이 소용없음을 하늘이 알려 주도다. 살아 있는 동안은 오직 사랑하는 일뿐임을, 죽을 때까지 아니 죽어서도 역시 사랑하는 일뿐임을 하늘이 알려 주도다.

13

오늘, 당신은 몹시 울고 있군요. 나와 모든 이를 위해서 통곡하고 있군요. 그래요. 실컷 쏟아 버리세요. 눈물 비를 쏟아 버리세요. 세차게, 아주 세차게.

당신이 울고 있는 날은 나도 일을 할 수가 없어요. 마음으로 함께 울고 있어요.

14

하늘의 파도 소리. 나를 부르는 소리. 오늘의 내 슬픔 위에 빛으로 떨어지는 당신의 푸른 소리. 당신의 파도 소리.

15

나는 늘 구름이 되어 당신에게 말하고 싶었지. "나의 집이 하늘인 것도 다 당신을 위해서임을 잊지 말아요. 높이 떠도는 외로움도 어느 날 비 되어 당신께 가기 위해서임을 잊지 말아요. 멀리 멀리 있어도 부르면 가까운 구름인 것을."

16

꼭 말하고 싶었어요. 지나가는 세상 것에 너무 마음 붙이지 말고 좀 더 자유로워지라고. 날마다 자라는 욕심의 키를 아주 조금씩 줄여 가며 가볍게 사는 법을 구름에게 배우라고—

구름처럼 쉬임없이 흘러가며 쉬임없이 사라지는 연습을 하라고 꼭 말하고 싶었어요. 내가 당신의 구름이라면.

17

하늘은 희망이 고인 푸른 호수. 나는 날마다 희망을 긷고 싶어 땅에서 긴 두레박을 하늘에 댄다. 내가 물을 많이 퍼 가도 늘 말이 없는 하늘.

18

내가 소리로 말을 걸면 침묵으로 대답하는 당신. 당신을 부르도록 나를 지으셨으며 나의 첫 그리움인 동시에 마지막 그리움이기도 한 당신. 당신은 산보다도 더 높은 내 욕심을 여지없이 무너뜨리고, 세상으로 치닫는 나의 허영의 불길을 단숨에 꺼 버리셨습니다.

인간에 대한 일체의 그리움도 당신이 거두어 가신 뒤에 나는 세상에서의 자유를 잃었으나 당신 안에서의 자유를 찾았습니다. 당신의 가슴에서 희망을 날리는 노란 새가 되었습니다.

19

하늘색 연필을 깎아 하늘이 들어오는 창가에서 글을 쓰는 아침. 행복은 이런 것일까. 향나무 연필 한 자루에도 온 세상을 얻은 듯 가득 찬 마음. 내 하얀 종이 위에 끝없이 펼쳐지는 하늘빛 바다. 나에겐 왜 이리 하늘도 많고, 바다도 많을까. 어쩌다 기도도 할 수 없는 우울한 날은 색연필을 깎아서 그림을 그렸었지. 그러노라면 봉숭아 꽃물 들여 주시던 엄마의 얼굴이 보이고, 소꿉친구의 웃음소리도 들렸지. 오늘도 나는 하늘을 본다. 하늘을 생각한다. 하늘을 기다린다. 하늘에 안겨 꿈을 꾸는 동시인童詩人이 된다. 끝없이 탄생하는 내 푸른 생명의 시를 하늘 위에 그대로 펼쳐두는 시인이 된다.

읽기 전에 생각하기 / 길이가 긴 시이지만 내용이 난해하지는 않습니다. 시 속의 하늘이 의미하는 바를 파악하면 쉽게 공감할 수 있기 때문입니다. 여기서 하늘은 자연으로서 하늘이 아니고 절대적이고 초월적인 존재를 가리킵니다. 소박하면서도 경건한 시어와 차분하면서도 간절한 어조로 하늘로 표상된 절대자를 향한 순수한 사랑을 고백하고 있는 작품입니다.

작품해설 / 두레박은 줄을 길게 달아 우물물을 퍼 올리는 데 쓰는 도구입니다. 그런데 그것을 하늘에다 대고 있습니다. 왜일까요? 17장을 보면 희망을 긷고 싶어서라고 되어 있습니다. 여기서 하늘은 삶과 세상에 희망을 주는 존재입니다. 대체 하늘은 무엇을 의미하는 것일까요? 2장에서 하늘은 바다도 되고 숲도 됩니다. 그리고 집도 되고 호수도 되고 들판도 됩니다. 그렇다면 하늘은 모든 것인 셈이죠. 또한 8장에 따르면 하늘은 환희를 주는 무한한 존재입니다.

더 알아두기

이 시의 종교적 성격이 분명히 드러나는 부분은 18장으로, 이 시가 하느님에게 드리는 기도임을 짐작할 수 있습니다. 하느님은 당신을 부르도록 '나'를 지으셨다 했는데, 여기서 '나'는 사람을 대표합니다. 하느님은 사람으로 하여금 세상에 대한 욕망과 허영을 버리도록 하고, 사람에 대한 그리움도 금하지만, 대신 화자에게 자유를 선물합니다. 또한 마지막 장에서, 이 시의 화자가 곧 시인임을 알 수 있습니다. 그는 하늘색 연필로 하늘이 들어오는 창가에서 하늘을 보며 하늘을 생각하는 시를 써 하늘 위에 펼쳐둡니다. 이렇듯 이 시에 나오는 '하늘'을 모두 '하느님'으로 바꿔서 감상해 보아도 의미가 통합니다.

그리고 뒤의 10장에 의하면 하늘은 과거에 존재했거나 현재에 존재하는 모든 사람들의 삶과 죽음을 지켜보는 역사의 증인입니다. 이처럼 하늘은 이 세상 모든 것이면서 무한하고 영원한 존재인데, 이 세상에는 그런 것이 없습니다. 따라서 그것은 세상을 초월해 있는 초월자고, 다른 것과 비교할 수 없는 절대자입니다. 초월적 절대자 혹은 절대적 초월자는 신밖에 없습니다. 요컨대 하늘은 신이고, 이 시는 신에 대한 사랑을 간절하게 고백하고 있는 기도의 시입니다.

- 이 시에서 하늘이 상징하는 것은 무엇일까요?
- '하느님'을 직접적으로 하느님이라 하지 않고 '하늘'이라고 표현한 이유에 대해 생각해 봅시다.
- 이 시를 감상하고 난 후의 느낌을 이야기해 봅시다.

우리 오빠와 화로 _임화

사랑하는 우리 오빠 어저께 그만 그렇게 위하시던 오빠의 거북무늬 질화로가 깨어졌어요
언제나 오빠가 우리들의 '피오닐*' 조그만 기수라 부르는 영남永男이가
지구에 해가 비친 하루의 모—든 시간을 담배의 독기 속에다
어린 몸을 잠그고 사 온 그 거북무늬 화로가 깨어졌어요

그리하여 지금은 화火젓가락만이 불쌍한 우리 영남이하구 저하구처럼
똑 우리 사랑하는 오빠를 잃은 남매와 같이 외롭게 벽에 가 나란히 걸렸어요

오빠……
저는요 저는요 잘 알었어요

● 임화(1908~1953)는 식민지 시대와 해방 직후에 활동한 시인이자 평론가로 본명은 인식입니다. 서울에서 태어나 보성고등보통학교를 졸업하고 일본으로 유학을 가서 니혼대학에서 문학을 전공하였습니다. 1926년에 귀국한 후 조선 프롤레타리아 예술가동맹KAPF에 가입해 중앙위원과 서기장을 지냈고 해방 후에는 조선 문학건설본부를 조직해 활동하였습니다. 그리고 1947년 월북하여 조선·소련문화협회 부위원장과 문학예술총동맹 상무위원 등을 지냈으나, 1953년 국가반란죄와 간첩행위의 누명을 쓰고 처형되었습니다. 시인으로서 여러 권의 시집을 내고, 평론가로서 맹위를 떨치며 최초의 근대 문학사를 저술했으며, 문학운동가로 단체를 운영하는 등 다방면에서 능력을 발휘하였던 인물입니다.

왜 ─ 그날 오빠가 우리 두 동생을 떠나 그리로 들어가실 그날 밤에
연거푸 말은 궐련卷煙을 세 개씩이나 피우시고 계셨는지
저는요 잘 알았어요 오빠

언제나 철없는 제가 오빠가 공장에서 돌아와서 고단한 저녁을 잡수실 때 오빠 몸에서 신문지 냄새가 난다고 하면
오빠는 파란 얼굴에 피곤한 웃음을 웃으시며
…… 네 몸에선 누에 똥내가 나지 않니 ─ 하시던 세상에 위대하고 용감한 우리 오빠가 왜 그 날만
말 한마디 없이 담배 연기로 방 속을 메워 버리시는 우리 우리 용감한 오빠의 마음을 저는 잘 알었어요
천정을 향하야 기어올라가든 외줄기 담배 연기 속에서─오빠의 강철 가슴 속에 박힌 위대한 결정과 성스러운 각오를 저는 분명히 보았어요
그리하야 제가 영남이의 버선 하나도 채 못 기웠을 동안에
문門지방을 때리는 쇳소리 마루를 밟는 거칠은 구둣소리와 함께─가버리지 않으셨어요

그러면서도 사랑하는 우리 위대한 오빠는 불쌍한 저의 남매의 근심을 담배 연기에 싸 두고 가지 않으셨어요
오빠─그래서 저도 영남이도
오빠와 또 가장 위대한 용감한 오빠 친구들의 이야기가 세상을 뒤집을 때
저는 제사기製絲機를 떠나서 백百 장에 일전짜리 봉통封筒에 손톱을 부러뜨리고

영남이도 담배 냄새 구렁을 내쫓겨 봉통 꽁무니를 뭅니다
지금 — 만국지도萬國地圖 같은 누더기 밑에서 코를 고을고 있습니다

오빠—그러나 염려는 마세요
저는 용감한 이 나라 청년인 우리 오빠와 핏줄을 같이한 계집애이고
영남이도 오빠도 늘 칭찬하던 쇠 같은 거북무늬 화로를 사 온 오빠의 동생이 아니어요
그리고 참 오빠 아까 그 젊은 나머지 오빠의 친구들이 왔다 갔습니다
눈물나는 우리 오빠 동무의 소식을 전해 주고 갔어요
사랑스런 용감한 청년들이었습니다.
세상에 가장 위대한 청년들이었습니다.
화로는 깨어져도 화젓갈은 깃대처럼 남지 않었어요
우리 오빠는 가셨어도 귀여운 '피오닐' 영남이가 있고
그리고 모—든 어린 '피오닐' 의 따듯한 누이 품 제 가슴이 아직도 더웁습니다

그리고 오빠……
저뿐이 사랑하는 오빠를 잃고 영남이뿐이 군세인 형님을 보낸 것이겠습니까
슬프지도 않고 외롭지도 않습니다
세상에 고마운 청년 오빠의 무수한 위대한 친구가 있고 오빠와 형님을 잃은 수없는 계집아이와 동생
저희들의 귀한 동무가 있습니다

그리하여 이 다음 일은 지금 섭섭한 분한 사건을 안고 있는 우리 동무 손에서 싸워질 것입니다

오빠 오늘 밤을 새워 이만二萬장을 붙이면 사흘 뒤엔 새 솜옷이 오빠의 떨리는 몸에 입혀질 것입니다

이렇게 세상의 누이동생과 아우는 건강히 오늘 날마다를 싸움에서 보냅니다

영남이는 여태 잡니다 밤이 늦었어요

— 누이동생

피오닐 : 개척자, 선구자라는 뜻의 러시아어.

읽기 전에 생각하기 / 문학의 장르 중에 '프로문학' 이란 것이 있습니다. 바로 프롤레타리아문학을 말합니다. 프롤레타리아란 노동자 계급입니다. 이에 대립하는 계급은 부르주아 즉, 자본가입니다. 한마디로 프로문학은 노동자의 사상과 정서와 생활 등을 노동자 계급의 정치적 입장에서 표현하는 문학을 말합니다. 그런 작품들은 일반적인 의미에서 인간의 감정이나 생각을 말하지 않습니다. 노동자 계급의 입장에서만 이야기할 뿐이죠. 따라서 정치적이고 경제적인 계급의식을 염두에 두고 이 작품을 읽어야 합니다.

작품해설 / 이런 시를 가리켜 '단편 서사시' 라 합니다. 이것은 시 속에 들어 있는 이야기가 짧은 것을 특징으로 합니다. 이 시는 제사 공장에서 일하는 여공인 '나' 가 신문 공장 직공으로 일하다 잡혀간 오빠에게 보내는 편지 속에 들어 있는 간단한 이야기로 구성되어 있습니다. 세 남매가 살고 있었습니다. 오빠는 신문 공장, 나는 제사 공장, 동생은 담배 공장에 다닙니다. 그런데 어느

더 알아두기

오빠는 노동 투쟁을 하기에 위대하고 용감합니다. 위대한 결정과 성스러운 각오는 감옥에 가는 것을 두려워하지 않고 노동 투쟁을 하겠다는 결심을 말합니다. 오빠는 혼자가 아닙니다. 나도 있고 영남이도 있고, 동무도 있습니다. 모두 다 노동자입니다. 노동자들이 단결해서 투쟁해야 한다는 것을 강조하며 노동자들의 단결과 투쟁을 촉구하는 데 이 시의 의도가 있습니다.

날 사람들이 들이닥쳐 오빠를 잡아갑니다. 나와 동생도 공장에서 쫓겨나 봉투를 붙이며 생활하게 되었습니다. 그러다 동생이 사온 화로가 깨어졌습니다. 오빠는 잡혀가 감옥에 갇혔습니다. 노동자를 위해 투쟁을 하다 그렇게 된 것이죠. 결국 나와 동생만 남았습니다. 그리고 나와 동생은 오빠를 위해서 그리고 오빠를 대신해서 투쟁을 계속하기로 다짐합니다.

- 시 속의 '화로는 깨어져도 화젓갈은 깃대처럼 남지 않었어요' 에서 '화로' 가 상징하는 의미에 대해 생각해 봅시다.
- 왜 오빠와 친구들이 세상에서 가장 용감할까요?
- 날마다 싸우는 이유를 화자가 처한 상황에서 찾아봅시다.

피아노 _전봉건

피아노에 앉은
여자의 두 손에서는
끊임없이
열 마리씩
스무 마리씩
신선한 물고기가
튀는 빛의 꼬리를 물고
쏟아진다.

나는 바다로 가서
가장 신나게 시퍼런
파도의 칼날 하나를
집어 들었다.

● 전봉건(1928～1988)은 평안남도 안주에서 태어나서 평양 숭인상업고등학교를 졸업하였습니다. 해방 후 남하해 교원 생활을 하면서 시를 썼는데, 의미 전달보다는 심상 조성을 중시하는 경향을 보였습니다. 세련된 이미지를 만들기 위해 다소 실험적인 기법을 구사한 것이 그의 작품의 특징입니다.

읽기 전에 생각하기 / 이미지Image란 감각에 의하여 획득한 현상이 마음속에서 재생된 것을 말합니다. 한마디로 감각 체험의 정신적 재현이라 할 수 있습니다. 무엇인가를 머릿속에 그리는 경우 실제 지각만큼 생생하지는 않아도 그 형태나 소리, 냄새 같은 것이 떠오르곤 합니다. 이것이 바로 이미지입니다. 마음속에 떠오른 형상이므로 심상이라고도 합니다. 이 시의 요체는 바로 이런 이미지입니다.

작품해설 / 사람에게는 다섯 가지의 감각이 있습니다. 시각, 청각, 후각, 미각, 촉각. 이미지는 이를 따릅니다. 때로는 둘 이상의 감각이 연결되는 경우도 있습니다. 어떤 하나의 감각이 다른 영역의 감각을 자극하거나 연상시키는 것입니다. 소리를 들으면 빛깔이 느껴지거나 그 반대의 경우가 이에 해당합니다. 이 시는 소리를 다른 감각에 연결한 것입니다. 두 연이 모두 그런 식으로

더 알아두기

피아노 소리에서 받은 감상을 시각적 이미지로 표현했는데, 그 과정에서 상상력이 중요한 역할을 합니다. 상상력이 없다면 청각적 자극을 시각적 심상으로 전환시킬 수 없었을 것입니다. 피아노 소리에 대한 감상은 아주 간단하게는 '신선하다'와 '신난다'는 말로 요약될 수 있습니다. 이 느낌이 음악을 물고기와 빛과 바다와 파도의 모습에 연결하는 것입니다. 음악도 신선하고 물고기도 신선합니다. 그리고 음악도 신나고 바다에서 파도와 노는 것도 신납니다. 시작 부분에서 특별히 여자의 두 손을 언급한 것은 손 모양이 또한 연상의 계기가 되기 때문입니다.

되어 있습니다. 피아노 소리가 물고기가 되고 파도가 됩니다. 1연을 보면, 어떤 여자가 피아노에 앉아 연주하고 있고 화자는 그 음악을 듣습니다. 피아노 소리를 들으니 마치 신선한 물고기가 빛을 반사하며 쏟아지는 느낌입니다. 그것도 한 마리가 아니라 열 마리, 스무 마리씩 말입니다. 음악에 대한 감상이 그렇다는 것입니다. 청각적 자극이 시각적 현상으로 전환된 것이지요. 2연은 그런 연상이 심화된 장면입니다. 물고기를 떠올리니 바다가 생각납니다. 바다에는 시퍼런 파도가 입니다. 파도 모양이 마치 칼날 같습니다. 화자는 그 파도의 칼날을 하나 집어 드는 것을 상상합니다. 이것 역시 음악에서 받은 감상의 표현입니다.

- 어떤 느낌의 음악이 연주되고 있는 것일까요?
- '피아노'와 '물고기'는 어떤 관계가 있는지 알아봅시다.
- 이 시에서 말하는 '파도의 칼날'은 음악이 주는 어떤 느낌을 표현한 것인지 생각해 봅시다.

향수 鄕愁 _ 정지용

넓은 벌 동쪽 끝으로
옛 이야기 지줄대는 실개천이 휘돌아 나가고,
얼룩백이 황소가
해설피 금빛 게으른 울음을 우는 곳,
—그 곳이 차마 꿈엔들 잊힐리야.

질화로에 재가 식어지면
비인 밭에 밤바람 소리 말을 달리고,
엷은 조름에 겨운 늙으신 아버지가
짚벼개를 돋아 고이시는 곳,
—그 곳이 차마 꿈엔들 잊힐리야.

흙에서 자란 내 마음

※ 정지용(1902~1950)은 충청북도 옥천에서 태어났으며 휘문고등보통학교를 거쳐 일본으로 유학 가서 도시샤대학 영문과를 졸업한 후 귀국하여 모교 교사를 하다가 해방 이후 《경향신문》 편집국장과 이화여자대학교 교수를 역임하였습니다. 1930년대의 전성기에는 시도 많이 쓰고, 잡지도 운영하고, 시인도 발굴하며 활발하게 활동하였습니다. 6 · 25 때 납북되었다가 같은 해 1950년에 사망했다는 기록이 북한이 최근 발간한 《조선대백과사전》에 기재되어 있습니다.

파아란 하늘 빛이 그리워

함부로 쏜 화살을 찾으려

풀섶 이슬에 함추름* 휘적시던 곳,

—그 곳이 차마 꿈엔들 잊힐리야.

전설 바다에 춤추는 밤물결 같은

검은 귀밑머리 날리는 어린 누이와

아무렇지도 않고 예쁠 것도 없는

사철 발벗은 아내가

따가운 햇살을 등에 지고 이삭 줍던 곳,

—그 곳이 차마 꿈엔들 잊힐리야.

하늘에는 성근 별*

알 수도 없는 모래성으로 발을 옮기고,

서리 까마귀 우지짖고 지나가는 초라한 지붕

흐릿한 불빛에 돌아앉아 도란도란거리는 곳,

—그 곳이 차마 꿈엔들 잊힐리야.

해설피 : 해설피는 뜻이 분명치 않다. 해가 설핏 기울었을 때란 말도 있고, 헤프게란 설도 있다.
함추름 : 가지런하고 고운 모양이라는 뜻의 함초롬에서 변용된 말.
성근 별 : 성근은 성기다란 뜻으로, 공간적으로 사이가 많이 뜬다는 의미이다. 별이 촘촘하지 않고 드문드문하다는 말.

읽기 전에 생각하기 / 고전시가는 노래입니다. 그래서 리듬이 중요합니다. 하지만 현대시는 자유시라 리듬보다는 이미지를 만드는 데 치중합니다. 이미지는 감각에 따라 만들어지지만, 역시 시각적 이미지가 중심이 됩니다. 우리의 실제 생활에서도 눈으로 보는 것이 가장 중요한 것과 마찬가지 이치입니다. 시각적 이미지는 그림과 통합니다. 시를 읽을 때 그림을 본다고 생각하며 머릿속에 그림을 그려보면 더욱 좋습니다.

작품해설 / 제목이 '향수'이니 고향에 대한 그리움을 노래한 시입니다. 다섯 연이 모두 고향에 대한 생각을 나타내며 형식은 간단합니다. 고향의 모습을 회상한 후 꿈에도 잊혀지지 않는다는 말을 반복해서 덧붙였습니다. 시인이 일본에 유학 갔을 때 이 시를 썼다고 하니 고향에 대한 그리움이 가장 컸을 때 쓴 것으로 보여집니다. 시골이 고향인 사람이라면 더 잘 이해할 수 있겠죠. 고향 풍경은 사실 별다를 것은 없습니다. 평범한 시골 모습입니다. 하지만 고향 마을도 그립고, 아버지도 그립고, 어린 시절도 그립고, 누이와 아내도 그립고, 고향 집도 그립습니다. 이 시의 장점은 그리움의 대상을 잘 묘사한 데 있습니다.

- '그 곳이 차마 꿈엔들 잊힐리야'를 계속 반복한 화자의 심정을 생각해 봅시다.
- 고향이 시골이 아닌 사람도 이 시를 읽고 감동을 받을 수 있을까요? 만약 그렇다면 왜 그럴까요?

고향 故鄕

_정 지 용

고향에 고향에 돌아와도
그리던 고향은 아니러뇨.

산꿩이 알을 품고
뻐꾸기 제철에 울건만,

마음은 제 고향 지니지 않고
머언 항구로 떠도는 구름.

오늘도 뫼 끝에 홀로 오르니
흰 점 꽃이 인정스레 웃고,

어린 시절에 불던 풀피리 소리 아니 나고
메마른 입술에 쓰디쓰다.

고향에 고향에 돌아와도
그리던 하늘만이 높푸르구나.

읽기 전에 생각하기 / 이 시는 〈향수〉와 비슷한 듯하면서도 아주 다릅니다. 둘 다 고향을 제재로 다루지만 내용의 차이가 크지요. 〈향수〉는 제목대로 고향에 대한 그리움을 노래한 시입니다. 거기에 그려진 고향의 모습은 모두 추억 속의 풍경입니다. 〈향수〉에 나오는 말대로 차마 꿈에도 잊혀지지 않는 고향에 실제로 돌아와 본 후 느낀 감정이 이 시에 표현되어 있습니다.

작품해설 / 고향에 돌아왔습니다. 그런데 마음속으로 그리워하던 고향이 아닙니다. 어찌된 일일까요? 옛날처럼 산꿩이 알을 품고 뻐꾸기도 제철에 웁니다. 그러니 고향의 자연은 변하지 않았죠. 그럼 무엇이 변했을까요? 사람들이 변했을 수 있고, 화자의 마음이 변했을 수 있습니다. 앞의 것은 문면에 나타나 있지 않지만 추정 가능한 사실입니다. 뒤의 것은 시에 분명하게 나타나 있습니다. 오랫동안 마음은 고향을 생각하지 않고 먼 항구로 떠돌았습니다. 몸은

더 알아두기

이 시를 두고 '고향 상실' 이라 얘기하는 경우가 있는데, 반은 맞고 반은 틀렸습니다. 고향을 잃어버린 것은 맞습니다. 하지만 실제 고향의 모습이 달라져 버린 것은 아닙니다. 모습은 그대로입니다. 달라진 것은 화자의 마음이고, 사람들이 사는 모습입니다. 마음이 왜 달라졌을까요? 어른이 되어서 그렇습니다. 마음 속으로만 고향을 그리워할 때 그 마음은 어릴 때의 마음입니다. 어린 시절로 돌아가 그 때의 심정으로 그 때 경험했던 고향을 생각하는 것이지요. 하지만 고향을 떠나 타향을 떠도는 동안 화자는 성장하였습니다. 훌쩍 커 버린 마음으로 고향에 돌아와 보니 어린 시절과는 모든 것이 달라 보이는 것이지요.

제 자리에 있는데 마음만 떠돌았다고 보기는 어려우니 고향을 떠나 여기저기 돌아다니다 오랜만에 고향에 돌아 왔다고 보는 것이 마땅합니다. 산에 올라 봤습니다. 어린 시절에는 풀피리를 잘 불었는데, 이제는 부는 법을 잊어버려 소리가 나질 않습니다. 풀이라 입에 쓰기만 할 뿐이지요. 그리던 고향에 돌아와도 예전처럼 하늘만 높푸르지 모든 것이 달라져 버렸습니다. 이 시의 주제는 고향에 대한 그리움이 아닙니다. 실제로 고향에 돌아와서 느끼는 아쉬움이 주제입니다.

- 왜 고향이 그리운 것일까요?
- 마음속으로 그리던 고향은 어떤 모습이였는지 시 속에서 찾아봅시다.
- 화자는 높푸른 하늘을 보며 과연 무슨 생각을 했을까요?

유리창琉璃窓 1 _ 정지용

유리에 차고 슬픈 것이 어린거린다.

열없이 붙어 서서 입김을 흐리우니

길들은 양 언 날개를 파다거린다.

지우고 보고 지우고 보아도

새까만 밤이 밀려 나가고 밀려와 부딪히고,

물 먹은 별이, 반짝, 보석寶石처럼 백힌다.

밤에 홀로 유리를 닦는 것은

외로운 황홀한 심사이어니,

고흔 폐혈관肺血管이 찢어진 채로

아아, 늬는 산山ㅅ새처럼 날러갔구나!

읽기 전에 생각하기 / 정지용 시의 특징은 감각성과 객관성입니다. 감각성이란 느낌과 생각을 감각적 비유와 형상으로 표현한다는 말이고, 객관성이란 주관적인 감정과 사고를 외부의 대상을 통해 표출한다는 뜻입니다. 이 시는 정지용 시의 감각성과 객관성을 대표적으로 보여주는 작품으로 꼽힙니다.

작품해설 / 이 시는 어린 아들의 죽음을 계기로 씌어졌다고 합니다. 가족의 죽음은 누구라도 슬픈 일이지만, 자식의 죽음은 참으로 괴로운 일입니다. 부모가 죽으면 땅에 묻고, 자식이 죽으면 가슴에 묻는다는 말도 있습니다. 자식의 죽음을 접한 아버지의 슬픔을 드러낸 시이지만 감정을 최대한 절제하고 감각적 심상과 객관적 대상의 묘사에 중점을 두었습니다. 그래서 훌륭한 작품으로 인정받습니다. 언 날개를 파닥거리다 사라지는 새는 죽은 아들에 대한 비

더 알아두기

유리에 어른거리는 것을 입김이라 하는 이도 있고 성에라 하는 이도 있습니다. 둘 다 일리가 있습니다. 입김과 성에의 모양은 둘 다 새처럼 생겼다고 볼 수 있습니다. 추운 겨울날 유리창에 새의 모습이 비칩니다. 죽은 아들이 새가 되어 날아 온 것 같아 마음이 안타깝습니다. 입김을 불어 녹여줍니다. 새의 모습이 사라집니다. 죽어 새가 된 아들이 날아가 버렸다는 생각이 듭니다. 해석하면 이렇지만 원래의 표현이 주는 느낌이 다 사라졌습니다. 다른 말로 바꿔 쓸 수 없는 독특한 표현이 이 시의 핵심입니다. 옛사람들은 '애이불비哀而不悲'란 말을 중시하였습니다. 슬프지만 겉으로는 슬픔을 나타내지 않아야 한다는 뜻입니다. 이 시가 그렇습니다. 애상적인 동시에 감각적이고 회화적입니다. 아들이 죽어 슬프다고 울기만 하면 동감할 수야 있겠지만 시가 되지는 않습니다.

유입니다. 아들의 죽음으로 상심한 눈에 새가 자식으로 보이는 것이지요. '물 먹은 별' 은 눈물에 젖은 눈에 비치는 별입니다. 아무리 참으려 해도 눈물이 흐릅니다. 그것을 운다고 하지 않고 물 먹은 별이 보석처럼 박힌다고 표현하였습니다. 감각적이고 객관적인 표현입니다.

- 유리에 어른거리는 새는 왜 차고 슬플까요?
- '외로운 황홀한 심사' 란 표현이 의미하는 바는 무엇입니까?
- 시에서 자식이 죽은 이유를 찾아봅시다.

장수산長壽山 1 _정지용

벌목정정伐木丁丁 이랬거니 아람도리 큰솔이 베혀짐즉도 하이 골이 울어 멩아리 소리 쩌르렁 돌아옴즉도 하이 다람쥐도 좇지 않고 뫼ㅅ새* 도 울지 않어 깊은산 고요가 차라리 뼈를 저리우는데 눈과 밤이 조히보담 희고녀! 달도 보름을 기달려 흰 뜻은 한밤 이골을 걸음이란다? 웃절 중이 여섯판에 여섯번 지고 웃고 올라 간뒤 조찰히 늙은 사나히의 남긴 내음새를 줏는다? 시름은 바람도 일지 않는 고요에 심히 흔들리우노니 오오 견듸란다 차고 올연兀然히* 슬픔도 꿈도 없이 장수산 속 겨울 한밤내

뫼ㅅ새 : '멧새' 를 뜻한다.
올연히 : 홀로 우뚝한 모양.

읽기 전에 생각하기 / 정지용은 초기에는 주로 감각적인 시를 쓰다 후기에는 동양 정신의 표출에 중점을 둔 시를 썼습니다. 동양 정신의 개념이 워낙 광범위하고 추상적이라 간단히 말하기는 어렵지만, 정지용이 관심을 둔 것은 인간과 자연의 일치라고 지적할 수 있습니다. 자연 속에 인간이 들어가 인간이 자연의 일부가 되는 것입니다. 이런 정신을 드러낸 시들은 대개 자연의 고요함을 강조하는데, 이는 인간사의 번잡함과 대비됩니다.

작품해설 / 깊은 산중에 나무 베는 소리가 크게 울립니다. 메아리도 커서 골짜기를 울립니다. 눈이 많이 내려 다람쥐도 멧새도 자취를 감추었습니다. 눈이 온 산중의 밤이 너무나 희고 고요합니다. 그리고 하늘에는 보름달이 떠 눈 내린 산골을 비추고 있습니다. 눈 온 밤에 위에 있는 절의 중과 바둑을 두어 여

더 알아두기

'벌목정정'은 중국 고전인 〈시경〉에 나오는 말입니다. '벌목'은 나무 베는 것이고, '정정'은 나무를 베느라고 도끼로 잇따라 찍는 소리입니다. 그러니까 이 시의 첫 구절은 시인이 상상한 것입니다. 고요가 뼈를 저리게 한다는 것은 너무 고요해 견디기 힘들다는 말이죠. '조찰히'는 맑고 깨끗하고 소박하다는 말이고, 이 시는 그런 삶에 대한 지향을 표현하고 있습니다. 시름이 고요에 흔들린다 했는데, 시름은 이어 나오는 슬픔과 꿈이란 말과 통합니다. 시인이 원하는 것은 시름도 슬픔도 꿈도 없는 정신 상태입니다. 눈이 내려 고요한 깊은 산중에서 혼자 아무런 근심이나 생각도 없는 무념무상無念無想의 상태에 이르고자 하는 의지를 표출한 시입니다.

섯 판 모두 이겼지만, 여기서 이기고 지는 것은 중요하지 않습니다. 산에는 바람도 불지 않아 더욱더 고요합니다. 때로는 시끄러움보다 고요함이 더 견디기 힘듭니다. 그래도 산 속에 들어왔으니 견디겠다고 다짐합니다. 여기서 고요는 자연의 성질이고, 소란은 인간의 특성입니다. 즉, 고요와 소란의 대립은 자연과 인간의 대립을 뜻합니다. 소란함 속에 인간의 시름과 슬픔이 있고 꿈이 있습니다. 고요는 사람 때문에 생기는 모든 생각이 없는 상태를 말합니다. 이 시에서 말하는 고요는 실제적인 상태와 정신적인 상태 둘 다를 의미합니다. 사람은 본시 고요를 견디지 못합니다. 이 정도의 절대적인 고요를 견뎌야 자연에 일치한다고 할 수 있습니다.

- 왜 책에서 읽은 구절을 도입부로 썼을까요?
- 고요함을 견디기 어려운 진짜 이유는 무엇일까요?
- 바둑 여섯 판을 다 지고 나서 윗절 중의 마음이 어땠을지 상상해 봅시다.

그대들 돌아오시니 _정지용

–재외 혁명 동지에게

백성과 나라가
이적夷狄*에 팔리우고
국사國祠*에 사신邪神*이
오연傲然히* 앉은지
죽엄보다 어두운
오호 삼십육년嗚呼 三十六年！

그대들 돌아오시니
피 흘리신 보람 찬란燦爛히 돌아오시니！

허울 벗기우고
외오* 돌아섰던
산山하！ 이제 바로 돌아지라.
자휘* 잃었던 물
옛 자리로 새소리 흘리어라.
어제 하늘이 아니어니
새론 해가 오르라

그대들 돌아오시니

피 흘리신 보람 찬란히 돌아오시니 !

밭이랑 문희우고*

곡식 앗어가고

이바지* 하올 가음*마자 없어

금의錦衣*는 커니와

전진戰塵* 떨리지 않은

융의戎衣* 그대로 뵈일밖에 !

그대들 돌아오시니

피 흘리신 보람 찬란히 돌아오시니 !

사오나온* 말굽에

일가 친척 흐터지고

늙으신 아버지, 어린 오누이

낯 서라 흙에 이름 없이 굴으는 백골白骨 !

상기* 불현듯 기달리는 마을마다

그대 어이 꽃을 밟으시리

가시덤불, 눈물로 헤치시라.

그대들 돌아오시니

피 흘리신 보람 찬란히 돌아오시니 !

이적 : 오랑캐와 이민족을 낮춰 부르는 말로, 여기서는 일본을 가리킨다.
국사 : 국가의 사당.
사신 : 재앙을 내린다고 하는 나쁜 귀신으로, 일본인의 신을 말한다.
오연히 : 오만하고 거만하게.
외오 : 그릇의 옛말. 그르게 혹은 잘못되게.
자취 : 자리.
문희우고 : 무너지고.
이바지 : 물건들을 갖추어 돌봐 주는 일.
가음 : 감. 재료.
금의 : 비단옷.
전진 : 전쟁터에서 이는 먼지나 티끌.
융의 : 옛 군복.
사오나온 : 사나운.
상기 : 아직.

읽기 전에 생각하기 / 1945년 해방을 기념하는 뜻으로 〈해방 기념 시집〉이 나왔습니다. 24명이 쓴 시를 모았는데, 이 시는 그 중의 한 편입니다. 기념시인만큼 주제를 분명히 드러내는 데 초점을 맞추었습니다. 정지용 시의 특징은 객관적인 비유와 감상의 억제에 있는데, 이 시는 그렇지 않고 하고자 하는 말을 직설적으로 표현하고 있습니다.

작품해설 / 이 시는 해방의 환희와 감격을 영탄적으로 표출한 작품입니다. 기쁨이 어느 정도인지는 계속해서 출현하는 느낌표를 보면 알 수 있습니다. 표제에 쓰인 그대가 누군지는 부제에서 밝혔습니다. 바로 재외 혁명 동지입니다. 독립 운동을 위해 조국을 떠났던 이들이 해방이 되자 돌아와 그들을 환영하는 뜻에서 쓴 시입니다. 짝수 연에 똑같은 말이 반복됩니다. 재외 혁명 동지가 돌아올 수 있는 것은 해방이 되었기 때문입니다. 그들은 조국의 광복을 위해 피 흘려 싸웠습니다. 결국 해방은 그들이 피 흘린 보람인 셈입니다. 그래서 그들은 찬란히 돌아옵니다. 홀수 연은 과거와 현재와 미래의 현실 상황을 그립니다. 나라를 빼앗긴 채 죽음보다 어두운 36년을 지냈습니다. 이제 해방이 되고 새로운 하늘에 새로운 해가 뜨는 때가 왔습니다. 그야말로 빛을 다시 찾은 광복입니다. 하지만 일제 치하에서 폐허가 된 현실은 아직도 그대로입니다. 지금부터 다시 새로운 나라를 건설할 일이 참으로 힘든 과업으로 그들 앞에 놓여 있습니다.

- 그대들은 어디를 갔다 돌아오는 걸까요?
- 비단옷을 입지 못하고 군복을 그대로 입어야 하는 이유는 무엇일까요?
- 왜 꽃을 밟지 못하고 가시덤불을 눈물로 헤쳐야 하는 걸까요?

가을에 _정한모

맑은 햇빛으로 반짝반짝 물들으며

가볍게 가을을 날으고 있는

나뭇잎,

그렇게 주고받는

우리들의 반짝이는 미소로도

이 커다란 세계를

넉넉히 떠받쳐 나갈 수 있다는 것을

믿게 해 주십시오.

흔들리는 종 소리의 동그라미 속에서

엄마의 치마 곁에 무릎을 꿇고

모아 쥔 아가의

작은 손아귀 안에

당신을 찾게 해 주십시오.

● 정한모(1923~1991)는 호는 일모이며 충남 부여에서 태어나 서울대학교 국문과와 동 대학원을 졸업하고, 동덕여자대학교와 서울대학교에서 교수를 지냈습니다. 주로 인간의 참된 본성과 순수한 마음을 주제로 삼아 시를 썼으며 문화공보부 장관까지 역임한 시인입니다.

이렇게 살아가는
우리의 어제 오늘이
마침내 전설 속에 묻혀 버리는
해저海底 같은 그 날은 있을 수 없습니다.

달에는
은도끼로 찍어 낼
계수나무가 박혀 있다는
할머니 말씀이
영원히 아름다운 진리임을
오늘도 믿으며 살고 싶습니다.

어렸을 적에
불같이 끓던 병석病席 에서
한없이 밑으로만 떨어져 가던
그토록 아득하던 추락과
그 속력으로
몇 번이고 까무러쳤던
그런 공포의 기억이 진리라는
이 무서운 진리로부터
우리들의 이 소중한 꿈을
꼭 안아 지키게 해 주십시오.

읽기 전에 생각하기 / 사람들은 누구나 아름답고 따뜻하고 맑고 깨끗한 세상을 원하지만 현실은 그런 바람과는 반대로 움직입니다. 세상이란 본래 험하고 무섭고 누추한 곳이기에 사람들 마음속에 반대의 소망이 일어나는지도 모르겠습니다. 이 시는 사랑과 평화로 충만한 세상에 대한 염원을 기도 형식으로 풀어내었습니다.

작품해설 / 시인이 믿고 찾고 바라고 지키려는 것은 모두 아름답고 평화롭습니다. 그처럼 순수한 마음과 행동으로 살아갈 수 있는 세상을 이루는 것이 시인의 소망입니다. 가을날 맑은 햇빛에 반짝이며 날리는 나뭇잎처럼 아름다운 미소가 세상을 떠받칠 수 있으면 얼마나 좋을까요? 그리고 엄마 옆에서 무릎을 꿇고 기도하는 아이의 모습은 평화롭고 사랑스럽습니다. 이처럼 아름다움과 평화와 사랑으로 가득 찬 세상이 영원할 수 있으면 좋겠습니다. 할머니가 들려주던 신비한 옛 이야기 속에도 사람들이 믿고 따를 만한 진리가 들어 있

더 알아두기

이 시가 기도 형식을 취할 수밖에 없는 이유는 이상과 현실의 괴리 때문입니다. 시인의 이상은 현실적으로 이루어질 수 없습니다. 현실은 이상을 거부합니다. 따라서 시인이 바라는 것을 믿고 찾고 지키기 위해서는 현실을 넘어선 어떤 힘이 필요합니다. 신에게 기도하지 않을 수 없다는 사실은 현실의 무서운 진리가 시인의 아름다운 진리보다 강력하다는 사실을 시사합니다.

음을 믿으며 사는 삶은 참으로 여유롭겠지요. 하지만 현실은 그렇지 못해 두려운 곳입니다. 사람들은 누구나 어렸을 적 병석에서 경험했던 끝없이 추락하는 듯한 고통과 정신을 잃을 정도의 공포를 느끼며 살아갑니다. 그것이 실제 세계입니다. 그래서 시인은 기도합니다. 세상과는 반대인 소중한 꿈을 지킬 수 있게 해달라고.

- 과연 반짝이는 미소만으로 세상을 떠받칠 수 있을까요?
- 아름답다고는 해도 전설이 과연 진리가 될 수 있을까요?
- 기도말고 시인의 소망을 이루는 방법에는 무엇이 있을지 생각해 봅시다.

나비의 여행旅行

-아가의 방 5

_정한모

아가는 밤마다 길을 떠난다.
하늘하늘 밤의 어둠을 흔들면서
수면의 강을 건너
빛 뿌리는 기억의 들판을,
출렁이는 내일의 바다를 날으다가
깜깜한 절벽絶壁,
헤어날 수 없는 미로迷路에 부딪치곤
까무라쳐 돌아온다.

한 장 검은 표지를 열고 들어서면
아비규환阿鼻叫喚하는 화약 냄새 소용돌이.
전쟁은 언제나 거기서 그냥 타고
연자색 안개의 베일 속
파란 공포의 강물은 발길을 끊어 버리고
사랑은 날아가는 파랑새
해후는 언제나 엇갈리는 초조
그리움은 꿈에서도 잡히지 않는다.

꿈길에서 지금 막 돌아와

꿈의 이슬에 촉촉히 젖은 나래를

내 팔 안에서 기진맥진 접는

아가야!

오늘은 어느 사나운 골짜기에서

공포의 독수리를 만나

소스라쳐 돌아왔느냐.

읽기 전에 생각하기 / 아기의 꿈을 제재로 전쟁의 공포와 상흔을 표현한 작품입니다. 아기와 전쟁은 그야말로 대조적입니다. 아기는 평화를 연상시키며 전쟁은 반대로 어른이 저지르는 비극입니다. 상호 대립하는 소재와 대상에 초점을 맞춰 독해하면 작품의 주제가 선명하게 부각됩니다.

작품해설 / 이 시는 '아가의 방' 이라는 부제가 붙어 있으며, 방에서 곤히 잠든 아기의 꿈나라 여행이 주된 내용을 이룹니다. 꿈나라 여행이니 아름답고 평화롭고 행복할 것 같지만 그렇지 못해 문제가 발생합니다. 1연에서 밤마다 꿈 속에서 길을 떠난 아기는 깜깜한 절벽과 헤어날 수 없는 미로에 부딪치고는 까무러쳐 돌아옵니다. 정신을 잃을 정도로 놀라 잠을 깨는 것입니다. 도대체 무슨 꿈을 꾸었기에 그런 것일까요? 2연에서 아기의 꿈 속에 들어가 봅니

더 알아두기

나비는 연약합니다. 그래서 아기를 나비에 비유하였습니다. 전쟁은 참담한 비극입니다. 그래서 연약한 아기의 영혼에까지 상처를 남깁니다. 이런 꿈을 꾸는 아기가 제대로 자랄 수는 없는 일입니다. 모두 어른들의 잘못이지요. 처음에 아기는 밝게 빛나는 좋은 기억과 아름다운 미래에 대한 소망을 꿈꿉니다. 하지만 비참한 현실이 이를 막아버립니다. 참혹한 꿈이라 표지도 검은색입니다. 아비규환은 지옥을 이르는 말입니다. 아기의 꿈 속에서 사랑은 날아가는 파랑새라 잡을 수 없습니다. 그리고 돌봐줄 사람도 만날 수 없고, 어떤 동경도 실현되지 않습니다. 전쟁이 이 모든 것을 파괴해 버리기 때문이지요. 마지막에 아빠는 기진맥진한 아기를 안고 위로합니다. 아기가 이 말을 들을 수 없으니 이것은 아빠의 독백이고 자탄입니다. 결국 전쟁과 평화의 대립은 어른과 아기의 대립이기도 합니다.

다. 꿈 속은 말 그대로 전쟁터입니다. 화약 냄새가 코를 찌르는 아비규환의 지옥처럼 비참한 지경입니다. 그러니 아기가 까무러치지 않을 도리가 없습니다. 그래서 3연의 아빠는 아기를 안고 달랩니다. 전쟁이 벌어진 사나운 골짜기에서 공포에 떨다 소스라쳐 돌아온 아기가 너무나 안쓰럽고 안타깝습니다.

- 아기는 왜 이런 꿈을 꾸는 걸까요?
- 전쟁이 없었다면 아기의 꿈은 어땠을까요?
- 아기를 안고 달래는 아빠의 심정은 어떨지 생각해 봅시다.

새벽 1 _정한모

새벽은
새벽을 예감豫感하는 눈에게만
빛이 된다.

새벽은
홰를 치는 첫닭의 울음소리도 되고
느리고 맑은 외양간의 쇠방울 소리
어둠을 찢어 대는 참새 소리도 되고
교회당教會堂의 종鐘소리
시동始動하는 액셀러레이터 소리
할아버지의 기침 소리도 되어
울려 퍼지지만

빛은 새벽을 예감하는 눈에게만
화살처럼 전광電光처럼 달려와 박히는
빛이 된다, 새벽이 된다.

빛은
바다의 물결 위에 실려

일렁이며 뭍으로 밀려오고
능선稜線을 따라 물들며 골짜기를 채우고
용마루 위 미루나무 가지 끝에서부터
퍼져 내려와
누워 딩구는 밤의 잔해殘骸들을 쓸어 내며
아침이 되고 낮이 되지만

새벽을 예감하는 눈에겐
새벽은 어둠 속에서도 빛이 되고
소리 나기 이전以前의 생명生命이 되어
혼돈混沌의 숲을 갈라
한 줄기 길을 열고
두꺼운 암흑暗黑의 벽壁에
섬광閃光을 모아
빛의 구멍을 뚫는다.

그리하여
새벽을 예감하는 눈만이
빛이 된다, 새벽이 된다.
스스로 빛을 내뿜어
어둠을 몰아내는
광원光源이 된다.

읽기 전에 생각하기 / 이 시는 지금의 세상을 밤이라 여기고, 지금과 다른 새로운 세상을 새벽에 비유해 표현한 작품입니다. 밤이 지나면 새벽이 오는 것은 자연의 질서이지만, 인간 세상은 그렇지 않습니다. 힘들고 어두운 세상이 언제 끝날지, 과연 끝나기는 할지 알 수 없는 것입니다. 따라서 새벽이 온다는 말은 새벽을 오게 해야 한다는 뜻입니다.

작품해설 / 새벽은 새로운 날의 시작이니 좋은 의미를 지닙니다. 하지만 새벽이 싫은 사람도 있을 법합니다. 어둠을 좋아하거나 새벽에 일어나기 싫은 사람에게 새벽은 괴롭습니다. 이 시는 새벽을 좋아해 기다리는 사람을 위한 작품입니다. 그래서 새벽은 새벽을 예감하는 눈에게만 빛이 된다 하였습니다. 새벽이 오는 것을 모르는 이는 없을 것이므로, 여기서 예감은 간절하게 기다린다는 뜻으로 새겨야 합니다. 새벽이 어떤 이에게 의미를 지니는지를 말하는

더 알아두기

새벽은 그에 대립하는 대상을 부정함으로써 의미를 지닙니다. 새벽에 나는 소리는 어둠을 찢습니다. 새벽빛은 누워 뒹구는 밤의 잔해들을 쓸어냅니다. 잔해는 혹독했던 현상이 남긴 흔적입니다. 밤도 좋을 수 있지만 이 말로 미루어 볼 때 나빴음을 알 수 있습니다. 새벽은 생명을 이루고 혼돈을 가르고 암흑의 벽을 뚫습니다. 섬광은 순간적으로 강렬히 번쩍이는 빛입니다. 그리하여 결국 새벽은 어둠을 몰아냅니다. 사람이 생각하는 긍정적인 것은 모두 새벽이고, 부정적인 것은 모두 어둠입니다. 새벽을 예감하는 자는 남들보다 먼저 새로운 시대의 필요성과 가능성을 예견하는 선구자인 것입니다.

문장을 제외한 나머지 부분은 새벽의 이미지를 형상화해 놓은 것입니다. 닭 울음소리, 쇠방울 소리, 참새 소리, 종소리, 액셀러레이터 소리, 할아버지 기침 소리는 모두 청각적입니다. 그리고 빛이 비치는 모습을 표현한 4연은 시각적입니다. 반면에 5연은 새벽의 추상적 의미를 다루고 있습니다. 새벽은 자연적으로는 어둠의 반대고, 사회적으로는 어두운 시대의 반대를 나타냅니다.

- 새벽이 싫은 사람은 어떤 사람들일까요?
- 시인이 '새벽'을 통해 나타내고자 한 것이 무엇인지 생각해 봅시다.
- 사회적 의미에서, 새벽이 오지 않는 상황을 상상해 봅시다.

저문 강江에 삽을 씻고 _정희성

흐르는 것이 물뿐이랴.
우리가 저와 같아서
강변에 나가 삽을 씻으며
거기 슬픔도 퍼다 버린다.
일이 끝나 저물어
스스로 깊어 가는 강을 보며
쭈그려 앉아 담배나 피우고
나는 돌아갈 뿐이다.
삽자루에 맡긴 한 생애가
이렇게 저물고, 저물어서
샛강 바닥 썩은 물에
달이 뜨는구나.
우리가 저와 같아서
흐르는 물에 삽을 씻고
먹을 것 없는 사람들의 마을로
다시 어두워 돌아가야 한다.

● 정희성(1945~)은 경상남도 창원에서 태어났으며 서울대학교 국문과를 졸업했고, 현재 숭문고등학교 교사로 재직중입니다. 현실주의적 시각에서 사회 문제를 비판적으로 다룬 작품을 주로 썼지만 절제된 감정과 차분한 어조를 잃지 않아 남다른 성과를 이뤘다고 평가받고 있습니다.

읽기 전에 생각하기 / 이 시는 노동자를 작중 인물로 삼아 우리 시대의 현실과 삶의 실상을 다룬 작품입니다. 작중 인물이 특정 계층의 사람임을 분명히 했으므로, 해석도 이를 감안해 이루어져야 합니다. 이 시에서 다루는 감정이나 사정은 모든 사람에게 보편적으로 해당되는 것을 뜻합니다.

작품해설 / 날이 저물고 있습니다. 누군가가 강에 나와 삽을 씻습니다. 삽은 땅을 파고 흙을 뜨는 데 쓰는 연장입니다. 그러니 삽을 씻는 이는 노동자나 농민일 것입니다. 강물을 바라보니 흐르는 것이 물뿐이 아니라는 생각이 듭니다. 자신의 인생도 저렇게 물처럼 흘러간다고 여기는 것입니다. 하루의 노동을 마치고 강물에 삽을 씻으며 화자는 슬픔도 물에다 씻습니다. 이 슬픔은 생활에서 오는 것인데요, 힘든 노동과 가난한 삶이 그 원인이지요. 그렇다면 화자는 무엇을 할 수 있을까요? 그저 쭈그려 앉아 담배나 한 대 피우고 돌아가야 합니다. 어찌할 방법이 없기 때문이죠. 화자의 삶은 예전에도 그랬고 지금도 그렇고 앞으로도 그럴 것입니다. 그는 평생 삽질하는 일로 살아왔습니다. 날

더 알아두기

먹을 것이 없다는 말은 그대로 이해해야 합니다. 정말로 먹을 것이 없습니다. 가난해서 그런 것이지요. 삽으로 하는 일로 벌 수 있는 돈은 정말 얼마 되지 않습니다. '우리가 저와 같아서' 라는 말이 앞뒤에 두 번 나옵니다. 처음 나온 것은 강물처럼 인생이 흘러간다는 뜻이고, 나중에 나온 것은 샛강 바닥 썩은 물에 달이 뜨듯이 산다는 말입니다. 강이 썩듯 인생도 썩습니다. 하루하루 반복해서 달이 뜨듯 노동자의 삶도 그날이 그날이어서 변화가 없습니다. 그저 날이 밝으면 일하러 가고, 어두워지면 집으로 돌아가야 하는 것이지요.

이 저무는 것처럼 그의 인생도 저물어 갑니다. 다시 강을 바라보니 썩은 물에 달이 비칩니다. 늦었습니다. 집으로 돌아가야 합니다. 그의 집은 먹을 것 없는 사람들의 마을에 있습니다.

- 이 시에서 화자의 직업이 무엇인지 짐작할 수 있는 구절을 찾아봅시다.
- 과연 강물에 씻으면 삽처럼 마음도 깨끗해질까요?
- 집으로 돌아가며 화자는 무슨 생각을 할까요?

승무僧舞 _조지훈

얇은 사紗 하이얀 고깔은
고이 접어서 나빌레라.

파르라니 깎은 머리
박사薄紗 고깔에 감추오고,

두 볼에 흐르는 빛이
정작으로 고와서 서러워라.

빈 대臺에 황촉黃燭* 불이 말없이 녹는 밤에
오동잎 잎새마다 달이 지는데,

소매는 길어서 하늘은 넓고,

조지훈(1920~1968)은 시인이자 국문학자로 문화 · 예술 · 사상 · 역사 등 다양한 분야에서 폭넓게 활동한 인물입니다. 본명은 동탁이며 경상북도 영양에서 태어나 혜화전문학교를 졸업한 뒤 오대산 월정사에서 불교전문강원 강사를 지냈고, 1947년부터 고려대학교 교수로 재직하였습니다. 우아한 한국어의 미를 바탕으로 민족적 정서와 고전적 전통에 충실한 작품 경향과 사회의 불의에 과감하게 저항하는 의식을 아울러 보여주었습니다. 박목월, 박두진과 함께 《청록집》을 내 청록파로 불립니다.

돌아설 듯 날아가며 사뿐히 접어 올린 외씨버선* 이여.

까만 눈동자 살포시 들어
먼 하늘 한 개 별빛에 모두오고,

복사꽃 고운 뺨에 아롱질 듯 두 방울이야
세사世事에 시달려도 번뇌煩惱는 별빛이라.

휘어져 감기우고 다시 접어 뻗는 손이
깊은 마음 속 거룩한 합장合掌인 양하고,

이 밤사 귀또리*도 지새우는 삼경三更* 인데,
얇은 사 하이얀 고깔은 고이 접어서 나빌레라.

● 황촉 : 밀랍으로 만든 초.
외씨버선 : 볼이 좁고 갸름하여 신으면 맵시가 있는 버선.
귀또리 : 귀뚜라미.
삼경 : 밤 열한 시에서 새벽 한 시까지.

읽기 전에 생각하기 / 불교에서는 세상을 고해라 하고 인생을 번뇌라고 합니다. 고해란 고통의 세계라는 뜻으로, 괴로움이 끝이 없는 인간 세상을 이르는 말이고, 마음이나 몸을 괴롭히는 노여움이나 욕망 따위의 잘못된 마음을 뜻합니다. 이 시는 번뇌를 초월하려는 소망을 춤을 빌어 나타낸 작품이니, 춤추는 모습과 마음의 움직임을 연관시켜 이해해야 합니다.

작품해설 / 승무는 승려의 춤입니다. 승려 복장을 하고 추는 춤이니, 당연히 종교적입니다. 얇은 비단 옷에 하얀 고깔을 쓰고 춤추는 인물의 모습을 묘사하는 것으로 시가 시작됩니다. 그 모습은 나비처럼 아름답고 가벼워 보입니다. 춤추는 이는 여자인데, 곱고도 서러워 보입니다. 밤은 깊어가고 춤은 절정을 향해 계속됩니다. 눈을 들어 먼 하늘 한 개의 별을 바라보는 지점에서 춤은 절정에 이릅니다. 그 순간 여승의 눈에는 눈물이 맺힙니다. 마지막에 두 손을 합해 마음을 가다듬는 것으로 춤은 마무리됩니다.

더 알아두기

사紗는 얇고 가벼운 비단으로 박사는 얇은 사입니다. 옷차림과 춤 동작에서 나비가 연상됩니다. 여승이 서러워 보이는 것이 왜인지 알 수는 없으나 젊고 예쁜 여자가 승려가 된 데는 나름의 사연이 있겠죠. 초가 녹고 달이 지니 밤이 깊었습니다. 별빛을 바라보는 동작은 번뇌를 종교적으로 승화시키는 행위입니다. 세사는 세상일이니 번뇌의 원인입니다. 합장은 두 손바닥을 합하는 예법으로, 마음이 한결같음을 나타냅니다.

- 고와서 서러운 것이 말이 될까요?
- 눈을 들어 별을 바라보는 이유는 무엇일까요?
- 춤추는 여인은 왜 울고 있을까요?

봉황수 鳳凰愁 _조지훈

벌레 먹은 두리기둥*, 빛 낡은 단청丹青*, 풍경* 소리 날아간 추녀* 끝에는 산새도 비둘기도 둥주리*를 마구 쳤다. 큰 나라* 섬기다 거미줄 친 옥좌玉座* 위엔 여의주如意珠 희롱하는 쌍룡雙龍 대신에 두 마리 봉황鳳凰새를 틀어 올렸다. 어느 땐들 봉황이 울었으랴만 푸르른 하늘 밑 추석石*을 밟고 가는 나의 그림자. 패옥佩玉* 소리도 없었다. 품석品石* 옆에서 정일품正一品, 종구품從九品 어느 줄에도 나의 몸둘 곳은 바이 없었다. 눈물이 속된 줄을 모를 양이면 봉황새야 구천九天*에 호곡呼哭*하리라.

- 두리기둥 : 둥근 기둥.
  단청 : 벽과 기둥과 천장 등에 그린 무늬.
  풍경 : 처마 끝에 다는 종.
  추녀 : 처마.
  둥주리 : 둥우리.
  큰 나라 : 중국.
  옥좌 : 임금이 앉는 자리.
  추석 : 벽돌처럼 다듬은 돌.
  패옥 : 벼슬아치가 제복에 차던 옥.
  품석 : 대궐 안에 벼슬에 따라 세워놓았던 돌.
  구천 : 가장 높은 하늘.
  호곡 : 소리 내어 슬피 우는 것.

읽기 전에 생각하기 / '봉황수' 란 봉황의 시름이며 시름은 근심과 걱정을 말합니다. 조선 시대의 고궁을 제재로 삼아 역사와 현실을 비판하고 있는데, 비유는 물론이고 시어 하나에도 깊은 뜻이 들어 있어 곰곰이 따져가며 감상해야 합니다.

작품해설 / 식민지 시대에 몰락한 조선 왕조의 궁궐을 바라보며 나라 잃은 슬픔을 표현하는 동시에 망국의 원인에 대해 비판하고 있습니다. 기둥은 벌레 먹고 단청은 낡고 풍경 소리도 나지 않아 새들이 둥우리를 친 퇴락한 고궁이 망국의 현실을 상징적으로 보여줍니다. 그리고 임금이 앉던 옥좌에는 거미줄까지 쳐져 있습니다. 그것을 바라보며 시인은 망국의 비애를 뼈저리게 느낍니다. 나라가 망하니 백성이 설 자리도 없어져 버린 까닭입니다. 마지막 문장에서 시인은 눈물이 속된 줄 모르면 소리 내어 슬피 울라고 말합니다. 이 말은 울음으로써는 아무것도 이룰 수 없고, 따라서 울지 않을 것이라는 의지의 표현입니다.

더 알아두기

중국을 섬기다 나라를 잃어버렸다고 시인은 생각합니다. 쌍룡은 황제, 봉황은 그 속국의 왕을 상징합니다. 어느 땐들 봉황이 울었겠느냐란 말은 나라를 잃기 전에도 당당한 국가로서의 위상을 떨치지 못했다는 뜻입니다. 조선 시대에는 정일품에서 종구품까지 열여덟 개의 벼슬 등급이 있었습니다. 속된 것은 품위가 없고 고상하지 못한 것입니다. 나라가 망했다고 통곡하는 것은 부질없는 짓이니, 울지 말고 다른 방도를 마련해야 합니다.

- 궁궐이 이렇게 된 이유는 무엇일까요?
- 이 시의 시대적 배경을 살펴본 후 나라를 잃은 이유에 대해 생각해 봅시다.
- 이런 상황에서 울지 말라는 것은 무엇을 의미하는 것일까요?

고풍의상古風衣裳

_조지훈

하늘로 날을 듯이 길게 뽑은 부연* 끝 풍경이 운다.

처마끝 곱게 늘이운 주렴*에 반월半月이 숨어

아른아른 봄밤이 두견이* 소리처럼 깊어가는 밤

곱아라 고와라 진정 아름다운지고

파르란 구슬빛 바탕에

자주빛 회장*을 받친 회장저고리

회장저고리 하얀 동정*이 환하니 밝도소이다.

살살이 퍼져나린 곧은 선이

스스로 돌아 곡선을 이루는 곳

열두 폭 기인 치마가 사르르 물결을 친다.

최마 끝에 곱게 감춘 운혜雲鞋* 당혜唐鞋*

발자취 소리도 없이 대청을 건너 살며시 문을 열고

그대는 어느 나라의 고전古典을 말하는 한 마리 호접糊蝶*

호접인 양 사풋이 춤을 추라 아미蛾眉*를 숙이고……

나는 이 밤에 옛날에 살아

눈감고 거문고줄 골라보리니

가는 버들인양 가락에 맞추어

흰손을 흔들어지이다.

읽기 전에 생각하기 / 고풍이란 예스러운 풍취나 모습을 가리키는 뜻입니다. 그리고 고풍의상은 한복을 일컫지요. 우리 전통 의상인 한복을 소재로 고전적인 아름다움을 예스러운 말투로 노래한 작품입니다. 또한 곱고 아름답고 우아하고 그윽한 옷맵시가 춤 맵시로 이어지는 데 묘미가 있습니다.

작품해설 / 이 시의 공간적 배경은 한옥이고, 시간적 배경은 봄밤입니다. 봄밤의 정취가 가득한 기와집 처마 끝 서까래에 달린 풍경이 바람에 흔들리고, 주렴 사이로 반달이 비칩니다. 이런 풍경을 배경으로 한복을 입은 곱디고운 여인이 등장합니다. 푸른 바탕에 자주빛 회장을 대고 하얀 동정을 단 저고리에 열두 폭 치마를 입었습니다. 열두 폭 치마는 길고 풍성합니다. 여기서 시인의 시선은 여인이 아니라 여인이 입은 한복의 아름다움에 집중합니다. 그래서 제목이 고풍의상인 것이지요. 치마 끝으로 살짝 가죽신이 보입니다. 발소리도 없이 여인이 대청을 건너 문을 열면서 춤이 시작됩니다. 그녀는 마치 한 마리

부연 : 처마 서까래 끝에 덧얹는 네모지고 짧은 서까래로, 처마 끝을 위로 들어 올려 모양이 나게 함.
주렴 : 구슬 같은 걸 꿰어 만든 발.
두견이 : 두견과의 새로, 귀촉도라고도 함.
회장 : 여자 저고리의 깃, 끝동, 고름 등에 대어 꾸미는 색깔 있는 헝겊. 회장으로 꾸민 저고리가 회장저고리임.
동정 : 한복의 저고리 깃 위에 덧대어 꾸미는 하얀 헝겊.
운혜 : 구름 무늬 가죽신.
당혜 : 덩굴 무늬 가죽신.
호접 : 나비.
아미 : 누에나방의 눈썹이란 말로 미인의 눈썹을 뜻함.

나비 같습니다. 시인은 자신은 거문고를 탈 테니 여인에게 나비처럼 버들처럼 춤을 추라고 말합니다. 그리고 여기서 옛날에 산다는 말은 과거로 돌아가 전통적인 고전미의 세계에 몰입하겠다는 뜻입니다.

- 무엇이 이토록 아름다운 것일까요?
- 여인의 모습을 그림으로 그리면 어떤 모습이 될지 생각해 봅시다.
- 화자의 지금 심정이 어떠한지 유추해 봅시다.

낙화 落花 _조지훈

꽃이 지기로서니
바람을 탓하랴.

주렴 밖에 성긴 별이
하나 둘 스러지고

귀촉도 울음 뒤에
머언 산이 다가서다.

촛불을 꺼야 하리
꽃이 지는데

꽃 지는 그림자
뜰에 어리어

하이얀 미닫이가
우련 붉어라.

묻혀서 사는 이의
고운 마음을

아는 이 있을까
저허하노니*

꽃 지는 아침은
울고 싶어라.

---

* 성긴 : 촘촘하지 않은.
우련 : 보일듯 말듯이 은은하다.
저허하노니 : '저어하다' 를 잘못 쓴 것임. 저어하다는 마음에 꺼리거나 두려워한다는 뜻.

읽기 전에 생각하기 / 이 세상에 존재하는 모든 것들은 변하고 사라지기 마련입니다. 영원하고 불변하는 것은 없습니다. 이 시의 소재인 꽃도 마찬가지입니다. 꽃은 언제나 피었다 집니다. 세상의 모든 것과 마찬가지로 나타났다 사라지는 것 중 하나인 셈이죠. 결국 생성과 소멸은 자연의 이치고 우주의 섭리입니다. 하지만 이런 이치를 안다 하더라도 막상 사라지는 존재를 보고 있노라면 아쉬움과 안타까움을 느끼지 않을 수 없습니다. 이 시는 이러한 자연의 질서에 따라 소멸하는 대상을 바라보며 느끼는 슬픔을 담담한 어조로 표현한 작품입니다.

작품해설 / 꽃이 집니다. 마음이 안타깝습니다. 하지만 어쩔 수 없습니다. 때가 돼서 지는 것일 뿐입니다. 그 어떤 것을 탓할 수도 없지요. 설령 바람 때문에 꽃이 진다 하더라도 바람을 탓할 수는 없습니다. 바람 또한 흐트러진 대

더 알아두기

제목인 '낙화'는 꽃이 떨어진다는 말입니다. 주렴이 걸려 있는 걸로 봐서 화자가 있는 집은 전통 한옥 같습니다. 화자가 세상 사람을 피해 사는 것은 아마도 고운 마음을 다치지 않기 위해서인 듯합니다. 꽃이 진다고 우는 것은 지나친 감상인 것도 같습니다. 하지만 혼자서 묻혀 사는 이에게 꽃은 보통의 의미 이상을 가질 수 있을 것입니다. 꽃은 홀로 지내는 그에게 기쁨과 위안을 주는 존재입니다. 이러한 존재인 꽃이 지는 것을 바라보며 그는 지극한 외로움을 느끼며, 이 세상에 존재하는 모든 생명의 무상함을 절실하게 깨닫습니다. 그래서 결국 울고 싶다는 말도 지나치지 않은 것이죠.

기의 균형을 회복하려는 자연의 시도이기 때문입니다. 꽃도 바람도 모두 자연의 질서를 따릅니다. 이런 생각을 하고 있는 시간적 배경은 아주 늦은 밤입니다. 밤이 깊어 새벽이 가까워지니 별이 하나 둘 집니다. 고요함 속에서 소쩍새 울음소리가 들리다 그치더니 먼 산이 가까워 보입니다. 여기서 촛불은 왜 꺼야 할까요? 어둠 속에서 뜰에 어리는 꽃 지는 그림자를 보기 위함입니다. 이윽고 꽃이 지고 하얀 미닫이문에 붉은 꽃 그림자가 어립니다. 화자는 소란한 세상을 피해 홀로 묻혀 살아갑니다. 스스로 마음이 곱다고 생각하지만, 다른 사람이 그 마음을 아는 것조차 피하려 합니다. 결국 자연의 이치에 따라 꽃이 짐을 모르지는 않으나 그래도 지는 꽃을 바라보고 있노라니 슬픔을 느끼지 않을 수 없습니다.

- 꽃이 지는데 촛불을 꺼야 하는 이유가 무엇인지 생각해 봅시다.
- 화자의 심적 상태가 밤과 아침에 어떤 차이가 있는지 알아봅시다.
- 과연 꽃이 진다고 울 수도 있는 걸까요?

민들레꽃 _조지훈

까닭 없이 마음 외로울 때는
노오란 민들레꽃 한 송이도
애처롭게 그리워지는데,

아 얼마나한 위로이랴.
소리쳐 부를 수도 없는 이 아득한 거리距離에
그대 조용히 나를 찾아오느니.

사랑한다는 말 이 한마디는
내 이 세상 온전히 떠난 뒤에 남을 것,

잊어버린다. 못 잊어 차라리 병이 되어도
아 얼마나한 위로이랴.
그대 맑은 눈을 들어 나를 보느니.

읽기 전에 생각하기 / 이 시는 사랑하는 이에 대한 그리움을 노래한 연가戀歌입니다. 연가는 사랑의 노래이지만 사랑의 기쁨을 표출한 시는 별로 없고 대부분이 사랑의 슬픔을 표현합니다. 사랑하지만 대상을 만나지 못하는 데서 오는 안타까움과 애타는 마음이 연가의 일반적 주제를 이룹니다. 이 시도 또한 그러한 주제를 지니고 있습니다.

작품해설 / 살면서 누구나 가끔 까닭없이 외로울 때가 있습니다. 그럴 때 화자는 민들레꽃이 그리워집니다. 왜일까요? 이유는 바로 민들레꽃을 꽃이 아닌 사랑하는 이의 분신으로 여기기 때문입니다. 그래서 민들레꽃을 보고 있으면 마음이 조금 놓입니다. 민들레꽃이 위로를 주기 때문이죠. 또한 여기서 '그대' 는 사랑하는 사람으로 지금은 만나기 어려운 곳에 있습니다. 소리쳐 부를 수도 없는 아득한 거리라 했으니 굉장히 먼 거리입니다. 아마도 이것은 삶과 죽음의 거리를 나타내는 것이 아닌가 합니다. 애처롭게 그립다는 말도 임의 죽음을 암시합니다. 애처롭다는 것은 가엾고 불쌍해 마음이 슬프다는 뜻인데, 화자의 심정만 가리키기엔 너무 과한 표현으로 이 말은 임의 상태도 같이 나

더 알아두기

전체 4연으로 이루어져 있어, 일반적으로 기승전결起承轉結의 구조를 갖췄다고 합니다. 이는 원래 한시에서 사용하는 구조로 '기起' 는 시작하는 부분, '승承' 은 그것을 이어받는 부분, '전轉' 은 내용을 돌려 전환하는 부분, '결結' 은 전체 내용을 끝맺는 부분입니다.

타냅니다. 화자는 민들레에게 사랑한다고 말합니다. 이것은 너무나 간절한 마음의 표현으로 화자가 죽어도 세상에 남을 것을 의미합니다. 민들레꽃을 임으로 여길 정도로 사랑하니 죽은 후에도 그 마음이 변치 않을 것임은 분명합니다. 마지막 연 첫마디에 나오는 '잊어버린다'는 선언은 반어입니다. 절대로 잊을 수 없기에 그렇게 말합니다. 임을 실제로 볼 수는 없지만 민들레꽃이라도 볼 수 있어 그나마 마음에 위로가 됩니다. 임이 맑은 눈을 들어 나를 본다는 것은 주관적인 상상이기에 더욱 안타깝고 애처롭습니다.

- 화자의 마음이 외로운 까닭이 어디에 있는지 시 속에서 찾아봅시다.
- 민들레꽃 같은 그대는 어떤 사람일까요?
- 임을 만나지 못하는 이유는 과연 무엇인지 생각해 봅시다.

다부원多富院에서 _조지훈

한 달 농성籠城 끝에 나와 보는 다부원은

얇은 가을 구름이 산마루에 뿌려져 있다.

피아彼我*공방攻防*의 포화砲火*가

한 달을 내리 울부짖던 곳

아아 다부원은 이렇게도

대구에서 가까운 자리에 있었고나.

조그만 마을 하나를

자유의 국토 안에 살리기 위해서는

한해살이 푸나무 도 온전히

제 목숨을 다 마치지 못했거니

사람들아 묻지를 말아라.

이 황폐한 풍경이

무엇 때문의 희생인가를…….

고개 들어 하늘에 외치던 그 자세대로

머리만 남아 있는 군마軍馬의 시체

스스로의 뉘우침에 흐느껴 우는 듯

길 옆에 쓰러진 괴뢰군 전사

일찍이 한 하늘 아래 목숨 받아

움직이던 생령生靈*들이 이제

싸늘한 가을 바람에 오히려

간고등어 냄새로 썩고 있는 다부원

진실로 운명의 말미암음이 없고

그것을 또한 믿을 수가 없다면

이 가련한 주검에 무슨 안식이 있느냐.

살아서 다시 보는 다부원은

죽은 자도 산 자도 다 함께

안주安住의 집이 없고 바람만 분다.

피아 : 저편과 이편.
공방 : 공격과 방어.
포화 : 총포를 쏠 때 일어나는 불.
푸나무 : 풀과 나무를 아울러 이르는 말.
생령 : 생명.

읽기 전에 생각하기 / 6 · 25 전쟁 당시의 참혹한 전장을 제시하고, 그것을 보고 느낀 비극적 감회를 표현한 시입니다. 전쟁은 아무런 가치도 없는 무의미한 사건이라는 생각이 작품의 바탕을 이룹니다. 즉, 살육과 파괴로 귀결되는 전쟁의 속성을 고발한 시로 보면 되겠습니다.

작품해설 / 전투 현장을 보고 느낀 감상, 전장의 참혹한 풍경, 전쟁이 남긴 참담한 상흔, 전쟁의 무의미성과 무가치함을 차례로 이야기하고 있습니다. 다부원은 6 · 25 전쟁 당시 유명한 격전지였습니다. 전투 때문에 한 달이나 갇혀 있다 다부원에 나와 보니 어느새 가을이 와 있습니다. 격렬한 전투가 계속되는 동안 계절이 바뀐 것이지요. 전투가 얼마나 치열했는지 풀과 나무 모두 죽어 버렸습니다. 시인의 눈앞에는 그야말로 황폐하고 비참한 풍경이 펼쳐져 있습니다. 아군의 시체와 적군의 시체가 마치 소금에 절인 고등어처럼 썩어갑니

더 알아두기

다부원은 지명입니다. 경상북도 칠곡군에 있는데, 강원도 철원의 이른바 '철의 삼각지'와 함께 격전지로 널리 알려졌습니다. 낙동강 방어선을 두고 55일간 전투가 이어져, 북한군 2만 4천명, 국군 만 명이 죽거나 다쳤습니다. 농성은 적에게 둘러싸여 성문을 굳게 닫고 성을 지킨다는 말인데, 여기서는 집 밖에 나오지 못했다는 뜻으로 쓰였습니다. 푸나무까지 다 죽었으니 사람이 얼마나 많이 죽었을지 짐작이 갑니다. 군마의 시체는 아군의 주검에 대한 비유입니다. 괴뢰군은 꼭두각시처럼 조종하는 대로 움직이는 군대를 가리키는 말로, 북한을 소련의 꼭두각시로 비난할 때 썼습니다.

다. 시인은 전쟁이 죽은 자에게는 안식을 허용치 않고, 산 자에게는 안주를 용납하지 않는다고 생각합니다. 비참하게 죽은 자는 죽어서도 편히 쉬지 못하고, 그 주검을 본 산 자는 살아서도 편히 살지 못합니다. 이 시의 주제는 5연과 10연에 집약되어 있습니다. 전쟁에서 일어나는 죽음과 희생은 아무런 의미가 없음을 말하는 것이지요. 결국 전쟁의 비극은 피할 수 없는 운명이 아니라 인간이 만든 비참하고 끔찍한 사건일 뿐입니다.

- 무엇을 위한 희생인지를 왜 묻지 말라고 하는 것일까요?
- 가련한 주검에 안식이 있을 수 없는 이유란 도대체 무엇을 의미하는 것일까요?
- 죽은 자는 그렇다 치고 산 자에게는 왜 안주의 집이 없을까요?

불놀이 _주요한

아아 날이 저문다, 서편 하늘에, 외로운 강江물 위에, 스러져가는 분홍빛 놀…… 아 해가 저물면 날마다, 살구나무 그늘에 혼자 우는 밤이 또 오건마는, 오늘은 사월四月이라 파일*날, 큰길을 물밀어가는 사람소리는 듣기만 하여도 흥성스러운 것을 왜 나만 혼자 가슴에 눈물을 참을 수 없는고?

아아 춤을 춘다, 춤을 춘다. 시뻘건 불덩이가, 춤을 춘다. 잠잠한 성문城門 우에서 나려다보니, 물냄새 모래냄새, 밤을 깨물고 하늘을 깨무는 횃불이 그래도 무엇이 부족不足하여 제 몸까지 물고 뜯을 때, 혼자서 어두운 가슴 품은 젊은 사람은, 과거過去의 퍼런 꿈을 찬 강물 우에 내어던지나 무정無情한 물결이 그 그림자를 멈출 리가 있으랴? …… 아아 꺾어서 시들지 않는 꽃도 없건마는, 가신 님 생각에 살아도 죽은 이 마음이야, 에라, 모르겠다, 저 불길로 이 가슴 태워버릴까, 이 설움 살라버릴까. 어제도 아픈 발 끌면서 무덤에 가보았더니 겨울에는 말랐던 꽃이 어느덧 피었더라마는 사랑의 봄은 또다시 안 돌아오는가,

---

● 주요한(1900～1979)은 시인이자 언론인이었고 정치가이기도 하였습니다. 평양에서 태어난 그는 일본의 도쿄에서 고등학교를 마치고 중국 상하이에서 대학 생활을 보냅니다. 또한 대학 생활 중에 《독립신문》 기자를 하기도 하였습니다. 그 후 대학 시절의 경험을 바탕으로 우리나라로 돌아와서 《동아일보》 《조선일보》의 편집국장과 논설위원을 지냈으며 해방 후에는 국회위원과 장관을 지냈습니다. 한마디로 한국 현대시의 형성에 선구자 역할을 한 시인이라 말할 수 있습니다.

차라리 속시원히 오늘밤 이 물 속에…… 그러면 행여나 불쌍히 여겨줄 이나 있을까…… 할 적에 퉁, 탕 불티를 날리면서 튀어나는 매화포*, 펄떡 정신精神을 차리니, 우구우구 떠드는 구경꾼의 소리가 저를 비웃는 듯, 꾸짖는 듯. 아아 좀더 강렬强烈한 열정熱情에 살고 싶다, 저기 저 횃불처럼 엉기는 연기煙氣, 숨막히는 불꽃의 고통苦痛속에서라도 더욱 뜨거운 삶을 살고 싶다고 뜻밖에 가슴 두근거리는 것은 나의 마음…….

사월달 따스한 바람이 강을 넘으면, 청류벽清流碧* 모란봉* 높은 언덕 우에 허어옇게 흐늑이는 사람떼, 바람이 와서 불 적마다 불빛에 물든 물결이 미친 웃음을 웃으니, 겁 많은 물고기는 모래 밑에 들어박히고, 물결치는 뱃슭에는 졸음 오는 '이즘'의 형상形象이 오락가락 – 어른거리는 그림자 일어나는 웃음소리, 달아논 등불 밑에서 목청껏 길게 빼는 여린 기생의 노래, 뜻밖에 정욕情慾을 이끄는 불구경도 이제는 겹고, 한잔 한잔 또 한잔 끝없는 술도 이제는 싫어, 지저분한 배밑창에 맥없이 누우며 까닭 모르는 눈물은 눈을 데우며, 간단없는 장고소리에 겨운 남자男子들은, 때때로 불 이는 욕심慾心에 못 견디어 번뜩이는 눈으로 뱃가에 뛰어나가면, 뒤에 남은 죽어가는 촛불은 우그러진 치마깃 우에 조을 때, 뜻있는 듯이 찌걱거리는 배젓개 소리는 더욱 가슴을 누른다…….

아아 강물이 웃는다, 웃는다, 괴상한 웃음이다, 차디찬 강물이 껌껌한 하늘을 보고 웃는 웃음이다. 아아 배가 올라온다. 배가 오른다, 바람이 불 적마다 슬프게 슬프게 삐걱거리는 배가 오른다.

저어라, 배를, 멀리서 잠자는 능라도綾羅島*까지, 물살 빠른 대동강大同江*을 저어 오르라. 거기 너의 애인愛人이 맨발로 서서 기다리는 언덕으로 곧추 너의 뱃머리를 돌리라 물결 끝에서 일어나는 추운 바람도 무엇이리오 기이怪異한 웃음소리도 무엇이리오, 사랑 잃은 청년靑年의 어두운 가슴속도 너에게야 무엇이리오, 그림자 없이는 '밝음' 도 있을 수 없는 것을 —.

오오, 다만 네 확실確實한 오늘을 놓치지 말라.

오오, 사르라, 사르라! 오늘밤! 너의 빨간 횃불을, 빨간 입술을, 눈동자를, 또한 너의 빨간 눈물을…….

● 파일 : 사월 초파일, 즉 석가 탄신일. 연등 행사와 불놀이를 하는 풍습이 있고, 그것이 이 시의 배경을 이룸.
매화포 : 불꽃놀이 하는 데 쓰는 도구.
청류벽 : 대동강가에 있는 바위 벼랑.
모란봉 : 대동강 오른쪽 연안에 있는 산으로, 본래 금수산이라 하였는데 산의 생김새가 마치 모란꽃처럼 생겼다 하여 모란봉이라 부름.
능라도 : 모란봉과 청류벽을 마주하고 대동강 가운데에 위치하는 섬.
대동강 : 평양을 가로질러 흐르는 강.

읽기 전에 생각하기 / 이 시는 우리나라 최초의 본격적인 현대 자유시로 꼽힙니다. 최남선의 〈해에게서 소년에게〉는 유사 정형이라 자유시에 못 미칩니다. 자유시란 정형시의 반대의 형식으로 여기서 운문이냐 산문이냐는 중요치 않습니다. 한마디로 정형적 운율로부터 완전히 벗어나야 자유시입니다. 이 시 이전에도 그런 시가 없지는 않았으나 본격적이라 할 만큼 작품으로서의 가치를 지니지 못합니다. 이런 이유에서 이 시는 중요성을 가집니다.

작품해설 / 표현이 거칠어 뜻을 파악하는 데 약간의 어려움이 있습니다. 여기서 표현이 정돈되지 못한 것은 화자의 감정이 너무 격해 있기 때문입니다. 누구나 감정이 솟구쳐 흥분하면 말을 조리 있게 하지 못하는 법이죠. 이 시도 그런 상태를 보여줍니다. 이 시를 읽을 때 가장 눈여겨봐야 할 것은 서로 대립하는 요소들입니다. 살고 싶은 마음과 죽고 싶은 마음 즉, 밝음과 어둠이 대립합니다. 불과 물의 대립도 앞의 것들과 통합니다. 이것 또한 불은 삶이고 물은 죽음입니다. 이런 대립을 초래하게 한 원인은 두 가지인데요, 그 중 하나는 불놀입니다. 남들은 불놀이에 즐거운데 나는 그렇지 않습니다. 이유는 바로 나는 임과 헤어졌기 때문입니다. 어제는 발도 아픈데 무덤에 가 보았습니다. 아마도 임의 무덤일 것입니다. 그래서 죽고 싶은 생각을 합니다. '차라리 속 시원히 오늘밤 이 물 속에' 하고 말줄임표가 붙어 있습니다. 생략된 말은 너무나 분명합니다. 그런데 살고 싶은 생각도 듭니다. 그것도 강렬하게 살고 싶은 생각입니다. 강렬한 정열로 더욱 뜨거운 삶을 살고 싶은 것입니다. 두 가지 생각 속에서 고민하는 모습이 이 시의 핵심입니다.

- 혼자 울고 있는 화자의 심정은 어떠할까요?
- 이 시에서 나타난 화자의 궁극적 태도를 밝혀봅시다.
- 이렇게 긴 시를 읽고 갖게 되는 느낌에 대해 이야기해 봅시다.

우리 집 _주요한

우리집 동편 담 밋헤는 돌챵* 을 파고
서편 담은 겻집 담벼락으로 대신하엿소.
그담에 부터잇는 닭이 홰* 를 가리운 듯이
비스듬이 뻐더난 살구나무, 첫 녀름에
막대기로 떨구는 선 살구의 신 맛이
나의 조화하는 것의 하나이엇소.

가지를 꺽거다 꼬젓던 포플라가
고든줄노 자라나서 네해에는 제법,
노피부는 겨울바람에 노래를 침니다.
나만호시고 무서운 한아버님 안게신 틈에
집웅에 오르기와 매흙* 까른 마당 파기도
나의 조화하는 것의 하나이엇소.

봄에는 호미들고 메* 캐러 들에 가며
가을엔 맵다란 짐쟝무 날로 먹는 맛도
나의 조화하는 것의 하나이엇소.
해마다 추석이면 의레히 햇 기쟝* 쌀에

밀길구미 길구어* 노러*를 지지더니

늙으신 한머님 지금은 누구를 위하야…….

돌챵 : 도랑창.
홰 : 새장이나 닭장 속에 새나 닭이 올라앉게 가로질러 놓은 나무 막대.
매흙 : 벽 거죽을 곱게 바르는 데 쓰는 흙으로 잿빛이고 끈기 있고 보드랍다.
메 : 꽃피는 풀인데, 뿌리줄기와 어린잎을 먹을 수 있고, 한방에서는 약재로 씀.
기장 : 볏과에 속하는 곡식으로 떡, 술, 엿, 빵 따위의 원료나 가축의 사료로 씀.
길구어 : 기르다.
노러 : 노티. 차조, 기장, 찹쌀 등의 가루를 쪄 엿기름에 삭힌 후 지진 떡. 황해도와 평안도 지방에서 추석에 만들어 먹는다.

읽기 전에 생각하기 / 시인들, 그 중에서도 서정시인들은 특히 좋아하는 대상이나 제재가 있습니다. 고향, 자연, 꽃, 나무, 사랑, 이별, 죽음, 마음 등이 그런 것들입니다. 유년과 추억도 이에 해당합니다. 이런 것들은 모두 돈을 많이 벌고 풍족히 사는 데는 도움이 되지 않습니다. 하지만 이런 것들이 없으면 우리 생활은 너무 건조해집니다. 그런 것들을 좋아하니까 시인이 되는 것인지도 모르겠죠.

작품해설 / 어린 시절에 살던 자신의 집을 그리고 있습니다. 그때 그 곳에는 자기가 좋아하던 것이 있었습니다. 선 살구의 신맛, 지붕 오르기와 마당 파기, 메 캐고 김장 무 날로 먹기, 노티 지져 먹기 등이 차례로 열거됩니다. 그런 것들을 할 수 있기 위해서는 집이 지금과는 달라야 합니다. 어린 시절에 하던 활동과 집 생긴 모양이 이와 밀접한 관련이 있습니다. 담 옆에 살구나무가 없으면 살구를 먹을 수 없습니다. 그리고 포플러 나무가 없으면 지붕에 오를 수 없습니다. 마당이 없으면 마당을 팔래야 팔 수 없습니다. 지금 고향 우리 집에는 할머니만 계십니다. 집이 있지만 옛날 같지 않은 것이죠. 생각해 보면 정겨웠던 추억도 지금에 와서 다시 살리기는 힘듭니다. 현실에서 다시 맛보기는 어렵고 기억 속에만 아련한 고향집에 얽힌 추억을 회고적이고 향토적으로 노래하였습니다.

- 우리 집은 어디 있는 것일지 생각해 봅시다.
- 과연 어른들도 내가 좋아하는 것을 좋아할까요?
- 시 속에 등장하는 어휘들로 화자의 고향이 어떤 모습일지 상상해 봅시다.

귀천 歸天 _천상병

나 하늘로 돌아가리라.
새벽빛 와 닿으면 스러지는
이슬 더불어 손에 손을 잡고,

나 하늘로 돌아가리라.
노을빛 함께 단 둘이서
기슭에서 놀다가 구름 손짓하면은,

나 하늘로 돌아가리라.
아름다운 이 세상 소풍 끝내는 날,
가서, 아름다웠더라고 말하리라…….

천상병(1930~1993)은 경상남도 창원에서 태어나서 서울대학교 상과대학을 입학하였지만 결국 중퇴하고 맙니다. 그 후 시국사건에 연루되어 옥고를 치른 후 고문의 후유증과 지나친 음주로 인해 기인 같은 삶을 살았습니다. 한때는 정신병원에 수용되기도 했는데, 당시 그의 생사가 알려지지 않아 생전에 유고 시집이 나온 일도 있었습니다. 불행하게 살았음에도 고결한 정신과 정결한 감정을 잃지 않은 순수한 시를 남겼습니다. 이 시인을 일컬어 순수시인, 방랑시인, 자유시인 등으로 말합니다.

읽기 전에 생각하기 / 죽음을 앞두고 이 세상에서의 삶을 담담히 정리하는 내용의 시입니다. 삶에 대한 집착과 죽음에 대한 근심을 모두 버린 평온한 마음 상태를 보여줍니다. 미련, 애착, 허무, 비애 등 인간적인 정념을 넘어서 달관의 경지가 느껴지는 작품입니다.

작품해설 / 귀천은 넋이 하늘로 돌아간다는 뜻으로, 사람의 죽음을 이르는 말입니다. 세 연 모두 첫줄에 동일한 문장이 씌어 있습니다. '-리라' 라는 어미는 상황에 대한 추측을 나타내기도 하고 마음속 다짐을 나타내기도 하는데, 여기서는 후자입니다. 1연과 2연에 묘사된 삶의 양상은 무상합니다. 삶이란 밤에 내린 이슬과 같은 것이어서 새벽이 오면 사라집니다. 기슭에서 노을을 바라보며 놀다가 구름이 손짓하면 삶이 끝납니다. 결국 삶은 이슬이나 노을처럼 무상한 것이므로 집착할 이유가 없는 것입니다. 그저 살다가 죽을 때가 되면 하늘로 돌아가면 되는 것이지요. 이렇게 생각하니 삶에 대한 미련도 죽음

더 알아두기

이 시에는 죽음을 슬퍼한다는 뜻의 말이 나오지 않습니다. 그럼에도 이 시를 읽고 나면 애잔한 마음이 듭니다. 이유는 독특한 말투 때문입니다. 덧없는 삶이 마냥 아름다울 수 있을까요? 그럴 수 없을 것입니다. 삶에서 아름다운 순간은 얼마 되지 않고, 힘들고 어려운 시간이 대부분을 차지합니다. 하지만 그렇다고 삶에 집착하면 삶이 아름다워질 수 있을까요? 역시 그럴 수 없을 것입니다. 이 시의 핵심은 실제 삶의 내용이 아니라 삶을 아름답게 보려는 자세에 있습니다.

에 대한 공포도 발생하지 않습니다. 3연은 삶이 무상하기만 한 것이 아니라 아름답기도 하다는 점을 말하고 있습니다. 결국 여기에 묘사된 상황은 덧없으면서 아름다운 것입니다. 결국 이 시의 화자에게 삶은 소풍입니다. 원래 사는 곳은 하늘인데, 잠시 땅으로 소풍을 온 것이고, 소풍이 끝났으니 집으로 돌아가야 합니다. 그러니 슬퍼하거나 걱정할 일이 없습니다.

- 이 시에서 말하는 대로라면 삶은 과연 어떤 것일지 생각해 봅시다.
- 이 시의 '이슬'이 지닌 상징적 의미가 무엇인지 찾아봅시다.
- 삶이 소풍이라면 우리는 어떤 마음으로 살아야 할까요?

성에꽃 _최두석

새벽 시내 버스는

차창에 웬 찬란한 치장을 하고 달린다

엄동 혹한일수록

선연히 피는 성에꽃

어제 이 버스를 탔던

처녀 총각 아이 어른

미용사 외판원 파출부 실업자의

입김과 숨결이

간밤에 은밀히 만나 피워 낸

번뜩이는 기막힌 아름다움

나는 무슨 전람회에 온 듯

자리를 옮겨 다니며 보고

다시 꽃이파리 하나, 섬세하고도

● 최두석(1956～)은 전라남도 담양에서 태어나 서울대학교 국어교육과를 졸업하였습니다. '이야기 시' 라는 독특한 양식을 바탕으로 섬세한 감성과 예리한 지성을 결합하고, 투철한 현실 의식과 자유로운 상상력을 조화시켜 현실의 실상과 문제를 다각도로 그려내고 있습니다. 현재 한신대학교 문예창작학과 교수로 재직중입니다.

차가운 아름다움에 취한다

어느 누구의 막막한 한숨이던가

어떤 더운 가슴이 토해 낸 정열의 숨결이던가

일없이 정성스레 입김으로 손가락으로

성에꽃 한 잎 지우고

이마를 대고 본다

덜컹거리는 창에 어리는 푸석한 얼굴

오랫동안 함께 길을 걸었으나

지금은 면회마저 금지된 친구여.

읽기 전에 생각하기 / 보잘것없는 서민들의 고달픈 생활과 암울한 시대의 아픔을 담담한 어조로 그려낸 작품입니다. 같은 시대를 힘들고 어렵게 살아가는 사람들에 대한 애정과 지금보다 좀더 나은 삶이 가능한 세상에 대한 염원이 시작의 동기 및 시적 정조의 토대를 이룹니다.

작품해설 / 성에꽃은 성에의 조그만 덩어리를 꽃에 비유해 이르는 말입니다. 이 시에서 말하는 성에꽃은 겨울 새벽을 달리는 시내버스에 피어 있습니다. 화자는 지금 버스 안에서 창에 핀 성에꽃을 보고 있습니다. 날이 추울수록 성에꽃은 더 산뜻하고 아름답게 피는 법인데, 화자는 그것이 어제 이 버스를 탔던 사람들의 입김과 숨결이 얼어붙은 것이라 여깁니다. 추운 겨울밤 버스를 타는 사람들은 처녀, 총각, 아이, 어른 할 것 없이 모두가 하루하루를 힘겹게 살아가는 서민들입니다. 그들은 모두 미용사거나 외판원이거나 파출부거나 실업자로 어렵게 사는 사람들입니다. 어떤 이는 살기가 어려워 막막한 한숨을

더 알아두기

마지막 부분에서 시인은 서민들에 대한 애정을 시대의 문제에 연결시킵니다. 서민의 한숨이 엉겨 붙은 성에꽃은 아름다울 수 있지만 사회적으로는 결코 좋은 것일 수 없습니다. 이 시의 배경이 되는 시대는 1980년대로, 당시에 수많은 인사와 시민이 자유와 평등의 실현을 위해 독재정권에 맞서 싸우다 희생되었습니다. 화자의 친구도 그런 사람 중의 한 명입니다. 이런 사실을 염두에 두고 보면 엄동 혹한이 시대 상황을 가리키는 말임을 알 수 있습니다.

토해냈을 것이고, 어떤 이는 가슴이 뜨거워 정열의 숨결을 내뱉었을 것입니다. 그런 한숨과 숨결이 차가운 유리창에 엉겨 꽃으로 피어났고, 화자는 그 아름다움에 취해 입김을 불기도 하고 어루만지기도 하고 이마를 대 보기도 합니다. 그렇게 성에꽃을 한 잎 한 잎 지우고 있는데 갑자기 차가 덜컹거립니다. 순간 화자는 차창에 어리는 푸석한 얼굴을 보고, 감옥에 갇혀 면회마저 금지된 친구를 떠올립니다. 화자와 그는 오랫동안 같은 길을 함께 걸어온 사이로 그들이 하고자 했던 것은 겨울 새벽 시내버스에 성에꽃으로 얼어붙은 입김과 숨결을 토해낸 사람들이 좀더 나은 삶을 살 수 있는 세상을 만드는 일이었습니다.

- 이 작품의 '성에꽃'이 의미하는 바는 무엇인가요?
- 화자는 지금 어디에 있을까요?
- 창에 어리는 푸석한 얼굴은 누구의 모습일까요?

님의 침묵沈默 _한용운

님은 갔습니다. 아아, 사랑하는 나의 님은 갔습니다.

푸른 산빛을 깨치고 단풍나무 숲을 향하여 난 작은 길을 걸어서, 차마 떨치고 갔습니다.

황금黃金의 꽃같이 굳고 빛나던 옛 맹서盟誓*는 차디찬 티끌이 되어서 한숨의 미풍微風에 날아갔습니다.

날카로운 첫 키스의 추억追憶은 나의 운명運命의 지침指針을 돌려놓고, 뒷걸음쳐서 사라졌습니다.

나는 향기로운 님의 말소리에 귀먹고, 꽃다운 님의 얼굴에 눈멀었습니다.

사랑도 사람의 일이라, 만날 때에는 미리 떠날 것을 염려하고 경계하지 아니한 것은 아니지만, 이별은 뜻밖의 일이 되고, 놀란 가슴은 새로운 슬픔에 터집니다.

그러나 이별을 쓸데없는 눈물의 원천源泉을 만들고 마는 것은 스스로 사랑을

● 한용운(1879~1944)은 승려이고 독립 운동가이며 시인이었습니다. 그는 관계한 모든 분야에서 뛰어난 업적을 남겼습니다. 열여덟 살 때 동학농민운동에 가담했다 실패하고 절로 들어가 유명한 백담사에서 승려가 되었습니다. 그리고 3·1운동 때는 민족대표의 한 사람으로 독립선언서에 서명했다 체포되어 삼 년 간 옥고를 치루기도 하였습니다. 1926년 시집 〈님의 침묵〉을 발표하면서 문학 활동을 전개하였으며 1935년에는 《흑풍黑風》이란 장편 소설을 출간하기도 하였습니다. 한용운이 시집을 내던 때는 많은 시인들이 굉장히 퇴폐적인 시를 쓰던 무렵이어서 그의 시가 더 돋보입니다. 호를 만해萬海, 卍海라 했는데, 이름만큼이나 호도 널리 알려져 있습니다.

깨치는 것인 줄 아는 까닭에, 걷잡을 수 없는 슬픔의 힘을 옮겨서 새 희망希望의 정수박이* 에 들어부었습니다.

우리는 만날 때에 떠날 것을 염려하는 것과 같이, 떠날 때에 다시 만날 것을 믿습니다.

아아, 님은 갔지마는 나는 님을 보내지 아니하였습니다.

제 곡조를 못 이기는 사랑의 노래는 님의 침묵을 휩싸고 돕니다.

맹서 : 맹세의 원래의 말.
정수박이 : 정수리로, 머리 가운데 숨구멍. 제일 중요한 위치를 나타냄.

읽기 전에 생각하기 / 한용운이 어떤 시대에 어떤 일을 했던 사람인지를 먼저 살펴보고 시를 읽어 봅시다. 한용운은 여러 가지 중요한 일을 동시에 해냈던 사람이므로, 작품을 읽을 때도 폭넓은 관점으로 감상하는 것이 도움이 됩니다.

작품해설 / 이 시에서 제일 문제가 되는 것은 '님'이 누구냐는 것입니다. 옛날에는 '조국' '부처님' '연인' 중 하나에 고정하려는 주장이 있었지만, 요즘은 그 모두를 포괄하는 존재로 보는 관점이 일반적입니다. 시에서는 총체적인 시각에서 사람이 중시하는 모든 가치를 의인화한 것으로 표현했는데, 읽는 입장에 따라 의미가 달라진다고 보면 되겠습니다. 역사적으로 보느냐, 종교적으로 보느냐, 그냥 상식적으로 보느냐에 따라 '님'도 여러 가지로 해석될 수 있습니다. 님이 떠났으니 슬플 수밖에 없습니다. 슬프지도 않다면 님이 그다지 중요한 상대가 아니었을 것입니다. 하지만 슬퍼하기만 한다고 무슨 수가 생기는 것이 아닙니다. 화자는 다른 님을 택할 생각이 없고, 여전히 그 님이 제일 중하다고 여긴다면 슬픔을 희망으로 바꿔야 합니다. 그래야 기다릴 힘이 생길 터이고, 님이 돌아오게 하기 위해 무슨 일이라도 할 수 있을 것이기 때문입니

더 알아두기

'사랑도 사람의 일이라, 만나면 헤어지지 않을 수 없고 헤어지면 다시 만나지 않을 수 없다'는 말을 한자어로는 '회자정리會者定離 거자필반去者必返'이라 합니다.

다. 님은 갔지만 님을 보내지는 않았다는 말은 의지의 표현이자 믿음의 표출입니다.

- 이 시에서 화자가 '이별'에 대해 가지는 생각이 무엇인지 이야기해 봅시다.
- 나라 잃은 시대가 아니어도 이 시가 좋은 시로 평가받는 이유가 무엇인지 생각해 봅시다.
- '날카로운 첫 키스의 추억'이 의미하는 바는 무엇일까요?

나룻배와 행인行人 _한용운

나는 나룻배
당신은 행인

당신은 흙발로 나를 짓밟습니다.
나는 당신을 안고 물을 건너갑니다.
나는 당신을 안으면 깊으나 옅으나 급한 여울이나 건너갑니다.

만일 당신이 아니 오시면 나는 바람을 쐬고 눈비를 맞으며 밤에서 낮까지 당신을 기다리고 있습니다.
당신은 물만 건너면 나를 돌아보지도 않고 가십니다그려.
그러나 당신이 언제든지 오실 줄만은 알아요.
나는 당신을 기다리면서 날마다 날마다 낡아 갑니다.

나는 나룻배
당신은 행인

읽기 전에 생각하기 / 시의 종류에는 '관념시' 라는 것이 있습니다. 관념시란 우리 머릿속에 들어 있는 생각을 시로 옮긴 것입니다. 그런데 관념을 관념으로만 적으면 시가 아니라 설명문이 됩니다. 그래서 시인들은 관념을 머리 밖에 있는 실제 사물이나 행동을 통해 드러냅니다. 실제의 것이 생각의 비유가 되는 것이지요. 그러므로 이런 시를 읽을 때는 시에 나오는 일이 진짜 있을 수 있는 일인지를 따질 것이 아니라 그것이 의미하는 바를 잘 해석해야 뜻이 통합니다.

작품해설 / 여기서 '나룻배' 는 나룻배고 '행인' 은 행인 그대로를 의미합니다. 행인이 배를 타고 물을 건너고 나룻배는 행인이 오기를 기다립니다. 나룻배의 입장에서 보면 행인을 태우고 물을 건너는 것이 자신의 운명이고 삶의 도리입니다. 불교의 정신 중에 '인욕忍辱' 과 '보시普施' 라는 것이 있습니다. 인욕은 욕된 것을 참는 것을 말하며 보시는 남에게 베푸는 것을 뜻합니다. 이 시

더 알아두기

한용운이 승려이기에 이 시를 불교적인 관점에서 보는 해석이 있습니다. 그래서 '나' 는 시인 자신이거나 불교의 교리를 말한다고 보기도 합니다. 그리고 여기서의 '당신' 은 중생인 것이죠. 중생은 모든 사람을 가리키는 말입니다. 또한 물을 건너는 것은 고통스러운 이 세상에서 사람들을 건져 고통 없는 세상에 이르게 하는 일을 말합니다. 이것은 불교 용어로는 '제도濟度' 라 합니다. 또한 여기서 '물' 과 '배' 로 표현을 한 이유는 불교에서는 이 세상을 고통의 세계라는 뜻에서 고해苦海라 하기 때문입니다.

의 나룻배와 행인의 관계는 인욕과 보시에 잘 들어맞습니다. 인욕을 흔히 쓰는 말로 하면 인내가 되고, 보시는 희생이 됩니다. 그러나 이 시가 특별히 불교의 교리를 내세우는 것은 아닙니다. 사람들이 삶에서 중요하다고 여기는 일반적인 가치를 비유적으로 풀어서 설명한 것으로 이해하면 됩니다.

- 욕된 것을 참고, 남에게 베풀어야 하는 이유를 불교적 관점에서 찾아봅시다.
- 나룻배를 모는 사공이 등장하지 않는 이유에 대해 생각해 봅시다.
- 행인은 왜 흙발로 밟고 돌아보지도 않고 가는 것일까요?

알 수 없어요 _한용운

바람도 없는 공중에 수직垂直의 파문을 내며 고요히 떨어지는 오동잎은 누구의 발자취입니까?

지리한 장마 끝에 서풍에 몰려가는 무서운 검은 구름의 터진 틈으로, 언뜻언뜻 보이는 푸른 하늘은 누구의 얼굴입니까?

꽃도 없는 깊은 나무에 푸른 이끼를 거쳐서, 옛 탑塔 위에 고요한 하늘을 스치는 알 수 없는 향기는 누구의 입김입니까?

근원은 알지도 못할 곳에서 나서 돌부리를 울리고, 가늘게 흐르는 작은 시내는 굽이굽이 누구의 노래입니까?

연꽃 같은 발꿈치로 가이 없는 바다를 밟고, 옥 같은 손으로 끝없는 하늘을 만지면서, 떨어지는 해를 곱게 단장하는 저녁놀은 누구의 시詩입니까?

타고 남은 재가 다시 기름이 됩니다. 그칠 줄을 모르고 타는 나의 가슴은 누구의 밤을 지키는 약한 등불입니까?

읽기 전에 생각하기 / 시에서 중요하게 쓰이는 언어 구사 방법 중에 '역설'이 있습니다. 겉으로 보기에는 모순이 있어 말이 안 되지만 곰곰이 생각해 보면 그런 것도 같은 말이 바로 역설입니다. '지는 것이 이기는 것이다' '바쁠수록 돌아가라' 같은 격언이 이에 해당됩니다. 한용운은 역설적 표현을 많이 쓰는 시인이고, 거기에 작품의 중심적인 뜻이 담겨 있는 경우가 많습니다. 이 시에도 역설이 나옵니다. 역설은 그대로 받아들이면 도무지 말이 안 되므로, 도대체 어떤 뜻이 담겨 있을지 곰곰이 생각해 봐야 합니다.

작품해설 / 이 시에서는 '누구'가 '누구'인지 파악하는 것이 이해의 핵심입니다. 고요히 떨어지는 오동잎, 푸른 하늘, 알 수 없는 향기, 가늘게 흐르는 작은 시내, 저녁놀이 모두 '누구'의 것입니다. 또한 그것은 차례로 그 어떤 이의 발자취, 얼굴, 입김, 노래, 시입니다. 대체 이 '누구'는 누구일까요? 일반적으로 이 세상 모든 현상 뒤에서 그런 일들이 있게 하는 존재라 합니다. 누군가가

더 알아두기

이 시에서 알 수 없다고 한 '누구'의 정체는 신일 수도 있고, 자연의 이치일 수도 있습니다. 하지만 그렇게 보면 시가 너무 단순해질 뿐만 아니라 '알 수 없어요'란 말도 무의미해집니다. 그래서 '누구'의 정체는 이 세상을 시에서 말하고 있는 풍경처럼 아름답게 만드는 데 꼭 필요한 가치를 가리키는 것으로 보는 해석이 설득력을 얻습니다. 그렇다면 그것은 이 세상 너머 어딘가에 따로 있는 것이 아니라 우리 마음 속에서 또는 사람들 사이에서 만들어지는 것이 됩니다.

있으니 그런 일이 일어나는 것이라 생각하는 것입니다. 그런데 이 시에서 등장하는 현상은 모두 고요하고 아름답습니다. 그러니 그 뒤에 있는 존재는 절대 시끄럽고 추하지 않을 것입니다. 그런데 마지막 행을 보면 지금은 '밤' 입니다. '누구' 에 해당하는 존재가 사라진 때를 이렇게 표현했다고 볼 수 있습니다. 세상은 밤이라 아름다운 것들이 보이지 않습니다. 그러니 '나' 는 그 존재가 다시 나타날 때까지 어둠을 밝히고자 마음의 불을 켭니다.

- 관점에 따라 '누구' 의 정체가 달라질 수 있을까요?
- 타고 남은 재가 어떻게 다시 기름이 될까요?
- 이 시에 나오는 풍경에서 공통적인 특징을 찾아봅시다.

당신을 보았습니다 _한용운

당신이 가신 뒤로 나는 당신을 잊을 수가 없습니다.
까닭은 당신을 위하느니보다 나를 위함이 많습니다.

나는 갈고 심을 땅이 없으므로 추수秋收가 없습니다.
저녁거리가 없어서 조나 감자를 꾸러 이웃집에 갔더니, 주인主人은 "거지는 인격人格이 없다. 인격이 없는 사람은 생명生命이 없다. 너를 도와 주는 것은 죄악罪惡이다." 고 말하였습니다.
그 말을 듣고 돌아 나올 때에, 쏟아지는 눈물 속에서 당신을 보았습니다.

나는 집도 없고 다른 까닭을 겸하여 민적民籍이 없습니다.
"민적 없는 자者는 인권人權이 없다. 인권이 없는 너에게 무슨 정조貞操냐." 하고 능욕하려는 장군將軍이 있었습니다.
그를 항거한 뒤에, 남에게 대한 격분이 스스로의 슬픔으로 화化하는 찰나에 당신을 보았습니다.

아아, 온갖 윤리倫理, 도덕道德, 법률法律은 칼과 황금을 제사 지내는 연기煙氣인 줄을 알았습니다.
영원永遠의 사랑을 받을까, 인간 역사人間歷史의 첫 페이지에 잉크칠을 할까, 술을 마실까 망설일 때에 당신을 보았습니다.

읽기 전에 생각하기 / 한용운 시 중에는 나라 잃은 시대의 현실이 분명이 드러나 있는 작품이 있고, 시대 상황의 암시만 하는 작품이 있습니다. 역사적 상황이 분명하게 나타나 있으면 거기에 중점을 두고 시를 읽어야 합니다. 그런 사실이 분명하면 굳이 직접적인 현실에 대한 언급보다 더 심층적인 뜻을 찾으려 할 필요는 없습니다. 사회나 역사에 대해 어떤 주장을 내세운다고 좋지 못한 시가 되는 것은 아닙니다. 물론 그런 주장 자체가 틀린 것이라면 결코 좋은 시가 될 수 없습니다.

작품해설 / '나' 는 땅이 없습니다. 땅을 빼겼기 때문입니다. 나는 민적이 없습니다. 민적이란 그 나라 국민으로서의 호적입니다. 나라를 빼앗겼으니 민적이 있을 리 없습니다. 그런 상황에서 '당신' 을 보았습니다. 그는 과연 누구일까요? 그것은 바로 절망적인 시대의 치욕적인 세상에서도 참되고 바른 삶을 이루기 위해 포기하지 않고 지켜야 하는 가치입니다. 그것이 없다면 삶도 시대도 세상도 지금보다 나아지지 않습니다. 당신이 따로 있어 그런 가치를 제시해 주고 완성시켜 주는 것은 아닙니다. 우리가 이루지 않는다면 '당신'

더 알아두기

'윤리, 도덕, 법률이 칼과 황금을 제사 지낸다' 는 말은 권력과 금전을 위해 그런 것들이 만들어졌다는 뜻입니다. '영원의 사랑을 받는다' 는 것은 현실을 포기하고 다른 세상으로 도피하는 것입니다. 또한 인간 역사의 첫 페이지에 잉크 칠을 하면 지금까지의 모든 역사가 부정됩니다.

도 없습니다. 당신은 우리가 지키고 이루어야 할 존재입니다.

- 이 시에 제시된 화자의 삶의 태도에 대해 생각해 봅시다.
- '나' 의 처지가 이렇게까지 된 이유는 무엇인지 생각해 봅시다.
- '남에게 대한 격분' 은 무엇을 의미하는 것일까요?

해바라기의 비명碑銘

_함형수

–청년 화가 L을 위하여

나의 무덤 앞에는 그 차거운 빗碑돌을 세우지 말라.

나의 무덤 주위에는 그 노오란 해바라기를 심어 달라.

그리고 해바라기의 긴 줄거리 사이로 끝없는 보리밭을 보여 달라.

노오란 해바라기는 늘 태양같이 태양같이 하던 화려한 나의 사랑이라고 생각하라.

푸른 보리밭 사이로 하늘을 쏘는 노고지리가 있거든 아직도 날아오르는 나의 꿈이라고 생각하라.

함형수(1914~1946)는 시인이었지만 많은 시를 쓰지는 않았습니다. 그가 남긴 작품은 불과 십여 편밖에 되지 않습니다. 함경북도 경성에서 태어나 함흥고보를 다녔는데, 학생운동에 가담했다 퇴학당한 후 중앙불교전문학교에 들어갔습니다. 그 곳에서 서정주와 김동리를 알게 되어 문학의 길로 들어서게 되지만 불행하게도 삼십대의 젊은 나이로 정신착란증에 시달리다 짧은 생을 마감하였습니다.

읽기 전에 생각하기 / '청년 화가 L을 위하여' 란 부제가 있어 다른 사람에게 바치는 시로 보입니다. 하지만 여기서의 L이 누군지는 알 수 없고, 시의 내용이 화자의 유언처럼 되어 있어 시인 자신의 의지를 표현한 작품으로 보입니다.

작품해설 / 제목의 '비명' 은 죽은 사람 무덤에 세우는 비석에 새긴 글입니다. 자신이 죽은 후 비석을 세우지 말고 해바라기를 비석 대신 세워달라는 당부가 시에 담겨 있습니다. 전체 5행으로 된 짧은 시이지만 자신의 죽음에 관한 문제를 단호한 어조로 말하고 있어 굉장히 강렬한 느낌을 줍니다. 내가 죽고 난 후 무덤 앞에 빗돌을 세우지 말라는 지시로 시가 시작됩니다. '하지 말라'는 말투는 명령과 부탁의 중간쯤에 해당됩니다. 화자는 비석 대신 해바라기를 원합니다. 그리고 해바라기 사이로 끝없는 보리밭을 보여 달라며 해바라기를 태양같이 화려했던 자신의 사랑으로 여겨달라고 합니다. 결국 죽음을 애도하지 말고 자신의 삶의 모습을 기억해 달라는 뜻입니다. 무덤이 있는 보리밭 사

더 알아두기

이 시는 죽고 나선 씌어진 글이 아니라 살아 있을 때 쓴 글이므로, 여기에 나오는 모든 명령과 부탁은 삶에 대한 의지의 표현입니다. 이는 죽음을 전제로 삶의 욕구에 대해 말하고 있는 것을 뜻합니다. 여기서 해바라기는 태양을 동경하는 정열의 상징이고, 뜨거운 태양은 강렬한 삶의 원동력입니다. 끝없이 펼쳐진 보리밭은 삶의 생기와 풍요를 나타냅니다. 또한 태양 같은 사랑은 화려하고 열렬하지요. 하늘을 향해 솟구치는 노고지리는 죽음조차 막을 수 없는 자유롭고 열정적인 삶의 꿈을 인상적으로 보여줍니다.

이로 날아오른 노고지리는 화자가 지녔던 꿈의 표상입니다. 몸은 비록 죽었지만 생전의 꿈은 영원하기를 바라는 마음의 표시이지요.

- 비석이 차갑다고 하는 것은 궁극적으로 무엇을 말하고자 하는 것일까요?
- 이 시에서 화자의 어조는 강렬하고 단호하게 느껴집니다. 그 이유는 무엇일까요?
- 이 시에서 화자의 꿈은 과연 무엇일까요?

자수刺繡 _허영자

마음이 어지러운 날은
수를 놓는다.

금金실 은銀실 청홍青紅실
따라서 가면
가슴속 아우성은 절로 갈앉고

처음 보는 수풀
정갈한 자갈돌의
강변에 이르른다.

남향南向 햇볕 속에
수를 놓고 앉으면

● 허영자(1938~)는 경상남도 하양에서 태어났으며 숙명여자대학교 국문과를 졸업했고, 성신여자대학교 교수를 지냈습니다. 여성 특유의 섬세함으로 전통적 정서와 현대적 감각을 아울러 삶과 사랑의 본질을 형상화하는 작품 세계를 보여주고 있습니다. 그리고 '청미회' 라고 여성 시인들로 구성된 순수시 동인을 조직해 활동하기도 하였습니다.

세사번뇌 世事煩惱
무궁한 사랑의 슬픔을
참아내올 듯

머언
극락정토 가는 길도
보일 상 싶다.

읽기 전에 생각하기 / 자수는 수놓는 일입니다. 보통 수를 놓으면 마음이 가라앉고 정신이 한 곳에 집중되지요. 그래서 어지러운 마음을 달래기 위해 수를 놓기도 합니다. 체험에 바탕을 두고 자수로 마음을 다스리는 법을 간결하지만 심도 있게 표현한 작품입니다.

작품해설 / 수를 놓은 이유가 많겠지만 이 시의 화자가 수를 놓은 이유는 독특합니다. 화자는 마음이 어지러울 때면 수를 놓습니다. 그러니 그에게 자수는 실용적인 일도 아니고 소일거리도 아닙니다. 마음의 평안을 구하는 행위로 수를 놓는 것이니 정신 수양이나 인격 수양에 가깝습니다. 정신을 집중해 색색의 실로 수를 놓다보면 마음속에 일어났던 고뇌와 번민이 저절로 가라앉습니다. 여기서 고요한 수풀과 깨끗한 자갈돌이 깔린 강변에 이른다는 말에는 두 가지 의미가 중첩되어 있습니다. 그것은 화자가 수를 놓아 만든 모양인 동시에 평온한 마음의 풍경이기도 합니다. 자수를 통해 화자가 다스리려는 마음의 혼란은 일반적으로 말하면 세상에서 일어나는 온갖 일 때문에 생기는 괴로

더 알아두기

여자 시인이 쓴 시라고 다 섬세한 것은 아닙니다. 남자 시인이 쓴 시라고 다 굳건한 것은 아닌 것과 같은 이치이지요. 여자들이 수를 놓은 일이 많기는 하지만 남자라고 수를 놓지 않는 것은 아닙니다. 소재뿐만 아니라 언어와 감성과 사고가 한 방향으로 조화를 이루어야 비로소 섬세한 시라 할 수 있는데, 이 시가 바로 그렇습니다.

움이고, 구체적으로 말하면 끝없는 사랑의 슬픔입니다. 화자는 이런 식으로 수를 놓으면서 이별의 고뇌와 세상사의 시름을 달래다 보면 나중에는 극락에도 갈 수 있을 성싶다고 생각합니다. 마지막에 이르러 자수의 의미는 수양에서 구도로 심화되며 끝을 맺습니다.

- 수를 놓으면 정말로 마음이 안정될까요?
- 화자는 무엇 때문에 마음이 어지러운 것인지 시 속에서 찾아봅시다.
- 수를 놓아 마음을 가라앉히는 화자가 생각하는 극락은 어떤 곳일까요?

나는 왕이로소이다 _홍사용

나는 왕이로소이다. 나는 왕이로소이다.

어머님의 가장 어여쁜 아들 나는 왕이로소이다. 가장 가난한 농군의 아들로서……

그러나 시왕전十王殿* 에서도 쫓기어 난 눈물의 왕이로소이다.

"맨 처음으로 내가 너에게 준 것이 무엇이냐?"

이렇게 어머니께서 물으시며는

"맨 처음으로 어머니께 받은 것은 사랑이었지요마는 그것은 눈물이더이다" 하겠나이다. 다른 것도 많지요마는……

"맨 처음으로 네가 나에게 한 말이 무엇이냐?"

이렇게 어머니께서 물으시며는

"맨 처음으로 어머니께 드린 말씀은 '젖 주셔요' 하는 그 소리였습니다마는, 그것은 '으아—' 하는 울음이었나이다" 하겠나이다. 다른 말씀도 많지요마는……

● 홍사용(1900~1947)은 용인 출생으로, 호를 노작이라 하였습니다. 1919년 휘문의숙을 졸업하고 3.1 운동에 참가하였고 박종화, 나도향, 현진건, 이상화 등 유명한 문인들과 문예지를 만들어 활동하였습니다. 시적 경향은 크게 비애와 허망을 노래한 것과 민족의식을 제기한 작품으로 나뉩니다. 전자는 주로 초기에 쓰어진 작품으로 다소 말이 장황하다는 느낌을 주고 후자는 민요의 운율을 살리려고 애쓴 작품들입니다.

이것은 노상 왕에게 들리어 주신 어머님의 말씀인데요.

왕이 처음으로 이 세상에 올 때에는 어머님의 흘리신 피를 몸에다 휘감고 왔더랍니다.

그 말에 동네의 늙은이와 젊은이들은 모두 "무엇이냐" 고 쓸데없는 물음질로 한창 바쁘게 오고갈 때에도

어머님께서는 기꺼움보다도 아무 대답도 없이 속 아픈 눈물만 흘리셨답니다.

벌거숭이 어린 왕 나도 어머니의 눈물을 따라서 발버둥질치며, '으아' 소리쳐 울더랍니다.

그날 밤도 이렇게 달 있는 밤인데요,

으스름 달이 무리 서고, 뒷동산에 부엉이 울음 울던 밤인데요,

어머니께서는 구슬픈 옛 이야기를 하시다가요,

일없이 한숨을 길게 쉬시며 웃으시는 듯한 얼굴을 얼른 숙이시더이다.

왕은 노상 버릇인 눈물이 나와서 그만 끝까지 섧게 울어 버렸소이다. 울음의 뜻은 도무지 모르면서도요.

어머니께서 조으실 때에는 왕만 혼자 울었소이다.

어머니의 지으시는 눈물이 젖 먹는 왕의 뺨에 떨어질 때이면 왕도 따라서 시름없이 울었소이다.

열한 살 먹던 해 오월 열 나흗날 밤 맨 잿더미로 그림자를 보러 갔을 때인데요, 명이나 긴가 짜른가 보랴고.

왕의 동무 장사꾼 아이들이 심술스럽게 놀리더이다. 모가지 없는 그림자라고요.

왕은 소리쳐 울었소이다. 어머니께서 들으시도록 죽을까 겁이 나서요.

나무꾼의 산山타령을 따라가다가 건넌 산비탈로 지나가는 상두꾼*의 구슬픈 노래를 처음 들었소이다.

그 길로 옹달 우물로 가자고 지름길로 들어서며는 찔레나무 가시덤불에서 처량히 우는 한 마리 파랑새를 보았소이다.

그래 철없는 어린 왕 나는 동무라 하고 좇아 가다가 돌부리에 걸리어 넘어져서 무릎을 비비며 울었소이다.

할머니 산소 앞에 꽃 심으러 가던 날 아침에
어머니께서는 왕에게 하얀 옷을 입히시더이다.
그리고 귀밑머리를 단단히 땋아 주시며
"오늘부터는 아무쪼록 울지 말아라."
아아 그때부터 눈물의 왕은―
어머니 몰래 남모르게 속 깊이 소리없이 혼자 우는 그것이 버릇이 되었소이다.

누우런 떡갈나무 우거진 산길로 허물어진 봉화烽火 둑 앞으로 좇긴 이의 노래를 부르며 어슬렁거릴 때에
바위 밑에 돌부처는 모른 체하며 감중련坎中連하고 앉더이다.*
아아, 뒷동산 장군바위에서 날마다 자고 가는 뜬구름은 얼마나 많이 왕의

눈물을 싣고 갔는지요.

나는 왕이로소이다. 어머니의 외아들 나는 이렇게 왕이로소이다.

그러나 눈물의 왕—이 세상 어느 곳에든지 설움이 있는 땅은 모두 왕의 나라로소이다.

* 시왕전 : 절에서 저승에 있다는 열 명의 신을 모신 법당.
  상두꾼 : 상여 매는 사람.
  감중련하고 앉더이다 : 태연하다.

읽기 전에 생각하기 / 이 시는 낭만주의의 소산입니다. 낭만주의는 현실을 부정하고 현실과는 다른 세상을 꿈꾸며 그 세상에 이르는 길이 잘 보이지 않아 고통스러워합니다. 현실은 마음에 안 들고 다른 세상은 찾기 어려우니 괴로울 수밖에 없습니다. 이 괴로움이 흔히 슬픔이나 눈물의 형상으로 시에 등장합니다. 이유없이 슬퍼하는 것은 아니지만 지나치게 슬퍼하는 경우가 많습니다.

작품해설 / 나는 왕이긴 한데 눈물의 왕입니다. 이 시의 주제는 삶을 가득 채우고 있는 비애입니다. 즉, 삶은 곧 슬픔이자 눈물이라고 말합니다. 나는 태어날 때 울었고 젖 달라고 할 때도 울었습니다. 어머니가 울 때 따라 울기도 했습니다. 시름없이 울고, 소리쳐 울고, 무릎을 비비며 울고, 혼자 울었습니다. 울지 않을 때가 없었습니다. 그러니 삶이 곧 눈물인 것이죠. 눈물의 왕도 왕인 나라가 있습니다. 이 세상 어느 곳이든지 설움이 있는 땅이 모두 왕의 영토가 됩

더 알아두기

왜 이렇게 우는지에 대해서는 두 가지 설명이 제기됩니다. 하나는 3 · 1 운동의 실패에서 오는 좌절감과 절망감 때문이라는 주장이고 다른 하나는 식민지 시대 지식인들이 겪은 이상과 현실의 분열 때문이라는 것입니다. 하고 싶은 일도 많고 해야 할 일도 많지만 어느 것도 할 수 없는 상황에서 비애가 생겨납니다. 어느 쪽이든 당대의 역사적 상황을 고려한다는 공통점을 가지고 있습니다.

니다. 설움 없는 삶이 있을 수 없으니 사람 사는 곳 전부가 눈물의 왕의 나라가 되겠죠.

- 화자가 이처럼 심하게 우는 이유는 무엇일까요?
- 이 시에서 희망을 상징하는 시어를 찾아봅시다.
- 정말 이 세상에 설움 없는 땅은 없는 것일까요?

즐거운 편지 _황동규

1

내 그대를 생각함은 항상 그대가 앉아 있는 배경背景에서 해가 지고 바람이 부는 일처럼 사소한 일일 것이나 언젠가 그대가 한없이 괴로움 속을 헤매일 때에 오랫동안 전해 오던 그 사소함으로 그대를 불러보리라.

2

진실로 진실로 내가 그대를 사랑하는 까닭은 내 나의 사랑을 한없이 잇닿은 그 기다림으로 바꾸어 버린 데 있었다. 밤이 들면서 골짜기엔 눈이 퍼붓기 시작했다. 내 사랑도 어디쯤에선 반드시 그칠 것을 믿는다. 다만 그 때 내 기다림의 자세姿勢를 생각하는 것뿐이다. 그 동안에 눈이 그치고 꽃이 피어나고 낙엽이 떨어지고 또 눈이 퍼붓고 할 것을 믿는다.

황동규(1938~)는 현재도 활발하게 활동하고 있는 시인으로 평안남도 숙천에서 태어났습니다. 유명한 소설가 황순원의 장남이며 서울대학교를 나와 모교의 영어영문학과 교수로 재직하였습니다. 주로 지적인 감수성과 세련된 언어 감각을 바탕으로 내면의 정서를 섬세하게 표현하는 서정시를 씁니다.

읽기 전에 생각하기 / 제목대로 이 시는 편지입니다. 사랑하는 사람에게 보내는 연애편지로 제목과 본문에 반어가 많이 사용되었습니다. 반어란 표현 효과를 높이기 위해 실제와 반대되는 뜻의 말을 하는 것이니, 문맥 뒤에 숨어 있는 의미를 잘 파악해야 합니다.

작품해설 / 즐거운 편지라 했는데, 별로 즐겁지 않습니다. 반어이죠. 화자는 그녀를 사랑하는데 그녀는 화자에게 별 관심이 없습니다. 그래서 화자는 그녀에게 편지를 씁니다. 누구나 사랑하는 것은 즐거운 일이지만 사랑을 몰라주면 즐겁지 않습니다. 이러한 두 가지 마음이 편지 속에서 서로 중첩됩니다. 전체 두 장으로 되어 있는데, 특별한 형식을 만들지 않고 그냥 줄글로 이어 쓴 점이 오히려 특이합니다. 편지라서 그랬나 봅니다. 1장에서 화자는 자신의 사랑이 사소하다고 말합니다. 바로 그대에게 사소한 것이지요. 스스로는 중하다 해도 상대에게는 사소하게 여겨지고 있습니다. 하지만 화자는 사랑을 거두지 않습니다. 언젠가 상대가 괴로움에 처할 때 그렇게 사소하게 여겨지는 사랑으로

더 알아두기

마지막 문장은 바깥의 풍경과 내면의 상태를 동시에 가리킵니다. 겨울이 가고 봄이 오고 여름 지나 가을이 가고 또 겨울이 옵니다. 그렇게 시간이 흘러갑니다. 화자의 마음 안에서도 사랑하는 마음이 커졌다 작아졌다 강해졌다 약해졌다 합니다. 몇년 전에 큰 인기를 모았던 영화 〈편지〉에 이 시를 읽어 주는 장면이 나와 더욱 유명해진 시입니다.

위로하기 위해서입니다. 2장에서 화자는 자신의 사랑을 기다림으로 바꿉니다. 언제까지 기다리나요? 바로 사랑이 그칠 때까지입니다. 화자는 사랑하는 마음이 영원할 것이라고 생각하지 않습니다. 깊은 사랑도 언젠가는 그치겠지요. 화자는 사랑이 영원하냐 그렇지 않냐 하는 문제보다 사랑하는 동안의 자세가 중요하다고 여기고 있습니다.

- 왜 화자는 상대를 생각하는 마음을 사소하다고 말했을까요?
- 어떻게 해야 화자의 사랑이 이루어질 수 있을까요?
- 언제쯤 사랑이 그치게 될까요?

조그만 사랑 노래 _황동규

어제를 동여맨 편지를 받았다.

늘 그대 뒤를 따르던

길 문득 사라지고

길 아닌 것들도 사라지고

여기저기서 어린 날

우리와 놀아 주던 돌들이

얼굴을 가리고 박혀 있다.

사랑한다 사랑한다, 추위 환한 저녁 하늘에

찬찬히 깨어진 금들이 보인다

성긴 눈 날린다

땅 어디에 내려앉지 못하고

눈 뜨고 떨며 한없이 떠다니는

몇 송이 눈

읽기 전에 생각하기 / 이 시는 사랑이 깨져서 아픈 마음을 간결하게 노래하였습니다. 심정을 직접 표현하지 않고 다른 사물에 비유해 의미 파악이 쉽지 않습니다. 사랑하고 아파하는 마음은 가슴속에 있어 보이지 않습니다. 그것을 잘 보이게 하려니 비유를 쓸 수밖에 없습니다. 여기서의 길, 돌, 금, 눈은 모두 마음을 나타내는 것으로 바꿔 읽어야 뜻이 통합니다.

작품해설 / 사랑 노래인데, 조그맣다고 한 것은 사랑이 깨져서 그렇고, 다시 크게 만들 방법이 없어서 그렇습니다. 상대에게서 편지가 왔는데, 어제를 동여매 버렸습니다. 어제는 과거이고 과거에 둘은 사랑했습니다. 하지만 지금은 아닙니다. 편지에는 사랑이 끝났다고 적혀 있을 것입니다. 사랑이 이제 되돌릴 수 없는 과거의 일이 되어 버렸음을 어제를 동여맸다고 표현하였습니다. 길은 두 사람을 이어주는 통로인데 길이 사라졌으니 상대에게 갈 수도 없습니

더 알아두기

'길 아닌 것들도 사라지고' 라는 말은 사랑을 회복할 모든 수단이 사라졌음을 뜻합니다. 이제 둘이 소통하던 길은 없어졌습니다. 새로운 길을 만들어야 되는데 그것마저도 완전히 불가능해진 것입니다. 길이라는 것이 원래 따로 있는 것이 아니고 사람이 가면 길이 되는 법입니다. 어릴 때는 돌만 가지고 놀아도 재미있지만 나이가 들면 돌을 봐도 심드렁해지는 법입니다. 같은 돌인데 갖고 놀 생각도 안 들고 놀아 봐도 재미도 없죠. 그래서 얼굴을 가리고 있다고 한 것입니다. 여기서 눈 내리는 모습은 화자의 마음을 나타낸다고 볼 수 있습니다. 떨고 있는 이유는 바로 마음이 춥기 때문이지요.

다. 어쨌든 가서 만나야 다시 사랑할 수 있을 텐데 길이 없으니 갈 수 없는 것이지요. 어릴 때 놀아주던 돌들이 얼굴을 가리고 있다는 말은 추억에 관계되어 있습니다. 어린 시절은 행복한 시절이고, 돌을 가지고 놀던 것은 즐거운 기억입니다. 둘이 서로 사랑하던 때는 이처럼 행복하고 즐거웠죠. 하지만 그때로 돌아갈 수는 없습니다. 하늘을 보니 깨어진 금이 보입니다. 사랑이 깨어졌기 때문입니다. 게다가 사랑이 깨져서 날은 더 춥게 느껴집니다. 눈이 내리는데, 그 중 몇 송이는 어디에도 내려앉지 못하고 이리저리 바람에 날립니다. 화자의 처지나 심정이 그렇습니다. 마음을 가라앉히지 못하고 방황하는 상태를 그대로 보여줍니다.

- 편지에는 뭐라고 적혀 있을까요?
- 사랑이 깨진 이유를 알 수 있을까요?
- 화자는 언제까지 바람에 날리는 눈송이처럼 떠다녀야 할까요?

새들도 세상을 뜨는구나 _황지우

영화가 시작하기 전에 우리는

일제히 일어나 애국가를 경청한다.

삼천리 화려 강산의

을숙도에서 일정한 군群을 이루며

갈대 숲을 이륙하는 흰 새 떼들이

자기들끼리 끼룩거리면서

자기들끼리 낄낄대면서

일렬 이열 삼렬 횡대로 자기들의 세상을

이 세상에서 떼어 메고

이 세상 밖 어디론가 날아간다.

우리도 우리들끼리

낄낄대면서

● 황지우(1952~)는 전라남도 해남에서 태어나 서울대학교 철학과를 다니다 유신 반대 시위에 연루되어 강제 입영 당했고, 서울대학교 대학원에 다닐 때는 광주민주화운동에 가담했다는 이유로 제적되었습니다. 다양한 시각 자료를 작품에 삽입하는 방식으로 전통적이고 관습적인 시 형태를 파괴함으로써 이목을 끌었으며 대상과 주체를 아우르는 치열한 비판 정신으로 풍자시의 지평을 확대했다는 평가를 받습니다. 한신대학교 문예창작과 교수를 거쳐 현재 한국예술종합학교 연극원 교수로 있습니다.

깔쭉대면서

우리의 대열을 이루며

한 세상 떼어 메고

이 세상 밖 어디론가 날아갔으면

하는데 대한 사람 대한으로

길이 보전하세로

각각 자기 자리에 앉는다.

주저앉는다.

읽기 전에 생각하기 / 이 시는 1980년대에 씌어졌습니다. 당시는 군사독재정권이 국민의 자유를 무력으로 억압하던 시대였습니다. 지배 권력에 대한 투쟁이 계속해서 이어졌으나 군부정권은 모든 형태의 저항을 무력으로 탄압하였습니다. 당시의 암울한 시대 현실에서 오는 좌절감을 표출하는 동시에 그와 같은 상황을 야기한 정치 권력에 대한 비판을 제기한 작품입니다.

작품해설 / 이 시의 무대는 영화가 상영되는 극장 안입니다. 지금은 그런 제도가 없어졌지만 이 시가 씌어진 때에는 영화 시작 전에 애국가를 연주하도록 정부에서 규정하였습니다. 애국가가 시작되면 관객은 자리에서 일어나는 것이 관례였습니다. 이 시는 바로 이런 사정을 지적하며 시작됩니다. 노래가 연주되는 동안 화면에는 노래의 배경으로 다양한 영상이 비춰졌는데, 국민의 자

더 알아두기

이 시에서 행해지는 풍자는 간접적 · 냉소적 · 자조적입니다. 애국가를 경청한다고 했는데, 경청은 귀를 기울여 듣는다는 말이니 사실과는 어긋납니다. 아무도 극장 안에서 울려 퍼지는 애국가를 경청하지 않습니다. 들어야 되니까 어쩔 수 없이 들을 뿐입니다. 여기서 경청이란 말은 풍자적으로 쓰인 것입니다. 또한 '삼천리 화려 강산' 이란 애국가 가사는 암담한 정치 현실과 대립하면서 반어적으로 풍자를 강화합니다. '새들의 웃음소리' 는 마치 관객을 비웃는 것 같습니다. 가혹한 현실을 벗어나는 상상은 애국가 마지막 구절과 함께 끝납니다. 원래 그 구절은 국민에 의한 국가의 발전을 염원하는 것이지만, 여기서는 현실에서의 도피와 현실에 대한 저항이 모두 불가능한 상황을 시사합니다.

유와 국력의 신장과 정책의 성공을 홍보하는 화면이 주를 이루었습니다. 시에 묘사된 장면은 국토의 아름다움을 보여주는 것으로, 동양 최대의 철새 도래지로 유명한 낙동강 하구 을숙도를 촬영한 것입니다. 정부는 이를 통해 정권의 정당성과는 상관없이 국가에 대한 애국심을 고취하려 했겠지만, 화자는 그것을 다른 관점에서 봅니다. 무리를 이룬 새떼들이 이 세상 밖 어디론가 떠난다고 생각하며 우리도 새들처럼 어디론가 다른 세상으로 떠날 수 있었으면 하고 바라는 것입니다. 하지만 이런 생각은 그야말로 생각으로 그칩니다. 애국가가 끝나면 생각도 그치고 모두가 다시 자기 자리에 앉아 영화를 볼 수밖에 없기 때문입니다.

- 이 시는 과연 누구를 비판하고자 하는 것일까요?
- 새들처럼 날아갈 수 있다면 우리는 이 세상 밖 어디로 갈 수 있을까요?
- 마지막에 '주저앉는다' 는 말은 무엇을 의미하는지 생각해 봅시다.

너를 기다리는 동안 _황지우

네가 오기로 한 그 자리에

내가 미리 가 너를 기다리는 동안

다가오는 모든 발자국은

내 가슴에 쿵쿵거린다.

바스락거리는 나뭇잎 하나도 다 내게 온다.

기다려본 적이 있는 사람은 안다.

세상에서 기다리는 일처럼 가슴 애리는 일 있을까.

네가 오기로 한 그 자리, 내가 미리 와 있는 이곳에서

문을 열고 들어오는 모든 사람이

너였다가

너였다가, 너일 것이었다가

다시 문이 닫힌다.

사랑하는 이여

오지 않는 너를 기다리며

마침내 나는 너에게 간다.

아주 먼 데서 나는 너에게 가고

아주 오랜 세월을 다하여 너는 지금 오고 있다.

아주 먼 데서 지금도 천천히 오고 있는 너를

너를 기다리는 동안 나도 가고 있다.

남들이 열고 들어오는 문을 통해

내 가슴에 쿵쿵거리는 모든 발자국 따라

너를 기다리는 동안 나는 너에게 가고 있다.

읽기 전에 생각하기 / 황지우의 시는 극단적인 방식으로 관습적인 형식을 파괴하고, 부당한 권력의 지배와 이에 순응하는 획일적인 문화를 통렬히 풍자하는 것으로 유명한데요, 이 시는 그런 경향에서 벗어나 있어 이채롭습니다. 서정적인 고백의 양식을 사용해 사랑하는 사람을 기다리는 간절하고 안타까운 마음을 표출한 작품입니다.

작품해설 / '너' 라고 지칭된 사람을 기다리는 화자의 심리와 행동의 변화가 시의 주축을 이룹니다. 화자는 누군가가 오기로 되어 있는 약속 장소에서 그를 기다립니다. 다가오는 발소리에도 가슴이 뛰는 것으로 보아 화자의 기다림은 굉장히 간절합니다. 심지어 바스락거리는 나뭇잎 소리에도 귀를 기울입니다. 누군가를 절실히 기다려 본 적이 있는 사람은 이런 심정을 알 텐데요, 시인 역시 이 점을 지적하고 있습니다. 이 시에서 다루고 있는 심리 상태는 특별한

더 알아두기

화자가 기다리는 사람이 누굴까요? 아주 멀리 있고, 만나려면 아주 오랜 세월이 걸린다는 점에 착안하고, 시인이 다른 작품에서 보여준 주제 의식을 감안해, 기다림의 상대를 역사적으로 실현되어야 할 사회적 가치로 보는 것이 일반적입니다. 민주, 자유, 평화, 평등 등이 이에 해당됩니다. 하지만 상대를 멀리 있어 오랫동안 만나지 못한 연인으로 보거나 미래에 이루어졌으면 하는 개인의 소망으로 봐도 잘못된 것은 아닙니다. 관점에 따라 다의적인 해석이 가능한 것이 이 시의 특징이자 장점입니다. 기다리기만 하지 않고 그에게 직접 간다는 것은 만남의 실현을 위해 노력한다는 뜻입니다.

것이 아니고 누구나 겪는 일반적인 것입니다. 기다리는 일이란 가슴 아린 일이지요. 화자는 약속 장소에 미리 와서 기다립니다. 문을 열고 들어오는 모든 사람을 혹시나 하고 쳐다봅니다. 여기서 화자가 기다리는 상대는 당연히 사랑하는 사람이겠지요. 그러니 사랑하는 사람을 기다리는 간절한 마음이 이 시의 제재입니다. 하지만 언제나 사랑하는 사람은 끝내 오지 않습니다. 오지 않는 사람을 기다리고 기다리다 마침내 화자는 그에게로 갑니다. 그가 안 오는 것이 아니라 못 오는 것이기 때문입니다. 두 사람은 아주 멀리 떨어져 있어 만나려면 오랜 시간이 걸립니다. 언제 어디서 만나게 될지도 알 수 없습니다. 다만 확실한 것은 아주 멀리 있는 그를 만나기 위해 화자가 가고 있고, 오랜 세월에 걸쳐 그가 화자에게로 오고 있다는 사실입니다. 화자에게도 상대에게도 정도의 차이는 있지만 이 시에서 기다림은 수동적이거나 소극적인 것이 아니라 능동적이고 적극적인 것입니다.

- 오지 않는 누군가를 간절히 기다리는 마음이란 과연 어떠할지 생각해 봅시다.
- 대체 누구를 기다리는 걸까요?
- 왜 계속 기다리지 않고 상대를 향해 가는 걸까요?

백자부白磁賦 _김상옥

찬 서리 눈보라에 절개 외려* 푸르르고,
바람이 절로 이는 소나무 굽은 가지,
이제 막 백학白鶴 한 쌍이 앉아 깃을 접노라.

드높은 부연附椽 끝에 풍경風磬 소리 들리던 날,
몸사리 기다리던 그린 임이 오셨을 제
꽃 아래 빚은 그 술을 여기 담아 오도다.

갸우숙* 바위 틈에 불로초不老草 돋아나고
채운彩雲* 비껴 날고 시냇물도 흐르는데
아직도 사슴 한 마리 숲을 뛰어 드노다.

불 속에 구워 내도 얼음같이 하얀 살결,
티 하나 내려와도 그대로 흠이 지다.
흙 속에 잃은 그 날은 이리 순박純朴하도다.

- 김상옥(1920~2004)은 경상남도 충무에서 태어났으며 전통성과 현대성, 서정성과 사실성, 관념성과 감각성을 아우르는 의식에 바탕을 두고 민족 고유의 예술적 아름다움과 전통적인 정서를 유려하게 형상화한 시조 시인으로 평가받고 있습니다. 시 · 서 · 화에 두루 능했고, 호를 초정이라 하였습니다.
- 외려 : 오히려.
  갸우숙 : 한쪽으로 기울어진 모양.
  채운 : 여러 빛깔로 물든 고운 구름.

읽기 전에 생각하기 / 백자의 아름다움을 예찬하는 관점에서 묘사한 작품입니다. 또한 시인은 백자의 외형적 아름다움을 그리는 데 그치지 않고 거기에 깃든 정신적 의미와 그 바탕이 되는 미의식까지를 아울러 표현하였습니다. 그러므로 시 속에 나타난 고전적인 세계의 아름다움과 전통적인 양식의 조화를 눈여겨볼 필요가 있습니다.

작품해설 / 제목에 쓰인 '부' 라는 말은 사물에 대한 감상을 표현했다는 뜻으로 보면 됩니다. 전체 4연으로 된 연시조로 홀수 연에서는 백자의 외형적 미를 묘사했고, 짝수 연에서는 내면적 미를 표현하였습니다. 1연과 3연은 백자의 문양을 그린 것으로 시 속의 백학 한 쌍이 소나무에 앉아 있는 그림은 선비의 절개를 나타냅니다. 먼저 1연의 찬 서리 눈보라와 바람은 절개를 위협하는 시련이나 유혹을 뜻하며 소나무는 지조, 학은 고고함을 상징합니다. 2연은 백자에 얽힌 사연을 상상해 본 것입니다. 오랫동안 몹시 기다렸던 임이 오시면 이 아름다운 백자에 술을 담아 먹겠다는 것인데, 이는 옛일일 수도 있고 시인의 뜻일 수도 있습니다. 그리고 3연에 그려진 그림은 동양의 이상향을 나타내지

더 알아두기

백자 문양에 등장하는 대상은 모두 십장생十長生에 포함되는 것들입니다. 장생불사長生不死, 즉 오래 살고 죽지 않는다는 열 가지를 가리켜 십장생이라 하는데, 해, 산, 물, 돌, 구름, 소나무, 불로초, 거북, 학, 사슴이 그것들입니다. 마지막 줄에 나오는 '흙 속에 잃었다' 는 말은 흙 속에 담겼다는 뜻입니다.

요. 여기서의 바위, 불로초, 구름, 시내, 사슴이 어울린 풍경은 고요하고 평화롭습니다. 마지막 4연에는 백자의 색채가 지닌 의미가 나타나 있습니다. 백자는 조그만 티 하나에도 흠이 질 정도로 순수합니다. 요컨대 백자의 아름다움 속에는 절개, 지조, 고고, 고상, 사랑, 동경, 이상, 고요, 평화, 순수, 순박 등의 의미가 모두 포함되어 있습니다.

- 이 시에 묘사된 백자의 문양을 그림으로 그릴 수 있을까요?
- 백자에다 왜 이런 그림을 그렸는지 생각해 봅시다.
- 백자의 아름다움을 한마디로 표현한다면 뭐라고 할 수 있을까요?

사향 思鄕 _김상옥

눈을 가만 감으면 굽이 잦은 풀밭 길이,
개울물 돌돌돌 길섶으로 흘러가고,
백양* 숲 사립을 가린 초집* 들도 보이구요.

송아지 몰고 오며 바라보던 진달래도
저녁 노을처럼 산을 둘러 퍼질 것을.
어마씨 그리운 솜씨에 향그러운 꽃지짐.

어질고 고운 그들 멧남새도 캐어 오리.
집집 끼니마다 봄을 씹고 사는 마을,
감았던 그 눈을 뜨면 마음 도로 애젓하오.

---

* 백양 : 백양나무. 버드나무과에 속하는 낙엽 교목.
  초집 : 초가집을 줄인 말.

읽기 전에 생각하기 / 제목의 '사향'은 망향으로, 고향을 그리워하며 생각한다는 뜻입니다. 향수를 감각적으로 표현한 작품으로, 시각적, 청각적, 후각적, 미각적 심상이 모두 동원되었습니다. 세부적으로 고향에 대한 그리움이란 정서와 관념을 사실적으로 구체화하는 감각적 표현의 특징을 파악하고, 전체로는 세 연의 유기적 연결 방식에 주목해야 합니다.

작품해설 / 세 연으로 된 연시조인데, 첫 번째 연에서 눈을 감는다는 말로 시작해 마지막 연에서 눈을 뜬다는 말로 마무리됩니다. 눈을 감고 회상해 본 고향의 정경이 주된 내용을 이루고 있습니다. 1연은 고향 풍경에 대한 그리움의 표현입니다. 멀리서 바라본 고향의 풍경이 정답게 그려져 있습니다. 풀밭 사이로 굽이진 길이 보이고, 길가로 흘러가는 개울물 소리가 들립니다. 늘어진 백양나무 가지에 사립문이 가려진 초가집들도 보입니다. 그리고 2연은 어머

더 알아두기

고향을 생각하는 화자의 마음을 '애젓하다'고 표현했습니다. 하지만 이 말은 사전에는 없는 말로 애틋하다, 애절하다, 애달프다 등과 통하는 뜻으로 쓴 것입니다. 화자의 마음이 이런 것은 고향에 돌아가기 어려운 사정 때문일 것입니다. 그래서 화자는 눈을 감고 고향을 생각합니다. 눈 감으면 고향 생각이 간절한데, 가기 어려우니 마음이 애젓합니다. 꽃지짐은 화전입니다. 찹쌀가루를 반죽해 진달래나 개나리, 국화 따위의 꽃잎을 붙여 기름에 지져 먹는 것입니다. 멧남새라 했는데, 메는 산이고, 남새는 채소나 나물입니다. 초가집에서 끼니마다 봄나물을 먹고 사는 사람들이니 잘산다고 하기 어렵습니다.

니에 대한 그리움의 표현입니다. 화자에게 고향은 어머니가 부쳐주던 꽃지짐의 냄새와 맛으로도 기억되는 것이지요. 마지막 3연은 고향 사람들에 대한 그리움의 표현입니다. 결국 고향은 가난하지만 어질고 고운 이들이 모여 사는 곳입니다.

- 이 시의 계절적 배경은 언제일까요?
- 눈을 뜨면 마음이 애젓한 이유는 무엇일까요?
- 이 시에 나오는 고향을 그림으로 그릴 수 있을지, 그린다면 어떤 풍경일지 이야기해 봅시다.

난초蘭草 _이병기

1

한 손에 책冊을 들고 조오다 선뜻 깨니
드는 볕 비껴가고 서늘바람 일어오고
난초는 두어 봉오리 바야흐로 벌어라

2

새로 난 난초잎을 바람이 휘젓는다.
깊이 잠이나 들어 모르면 모르려니와
눈뜨고 꺾이는 양을 차마 어찌 보리아

산듯한 아침 볕이 발틈에 비쳐들고
난초 향기는 물밀 듯 밀어오다
잠신들 이 곁에 두고 차마 어찌 뜨리아.

● 이병기(1891～1968)는 호는 가람으로 전라북도 익산에서 태어났으며 시조 시인으로 창작과 이론 양면에 걸쳐 시조의 현대화를 이룩했고, 국문학자로서 고전 발굴과 주해 및 국문학사 정리에 공을 세웠습니다. 창으로부터의 독립, 시어의 조탁, 감각적 형상화, 연작 시조의 필요성 등을 주장하고 실천해 시조를 현대시와 어깨를 나란히 하는 갈래로 만들었습니다. 후에 서울대학교, 전북대학교, 중앙대학교 교수를 역임하였습니다.

3

오늘은 온종일 두고 비는 줄줄 나린다.
꽃이 지던 난초 다시 한 대 피어나며
고적孤寂한* 나의 마음을 적이 위로하여라

나도 저를 못 잊거니 저도 나를 따르는지
외로 돌아 앉아 책을 앞에 놓아두고
장장張張이 넘길 때마다 향을 또한 일어라

4

빼어난 가는 잎새 굳은 듯 보르랍고
자줏빛 굵은 대공 하얀한 꽃이 벌고
이슬은 구슬이 되어 마디마디 달렸다.

본디 그 마음은 깨끗함을 즐겨하여
정淨한* 모래틈에 뿌리를 서려 두고
미진微塵*도 가까이 않고 우로雨露* 받아 사느니라.

---

* 고적한 : 외롭고 쓸쓸한.
정한 : 맑고 깨끗한.
미진 : 아주 작은 티끌이나 먼지를 가리키는 말로, 세상사의 더러움을 상징.
우로 : 비와 이슬.

읽기 전에 생각하기 / 난초의 외양과 품격을 인격적으로 그려낸 작품입니다. 난초의 모습과 생태에 부여된 인간적이고 정신적인 의미를 파악하는 것이 작품 해석의 관건입니다. 예로부터 난초는 고결함을 상징하는 사군자의 하나로 동양 문인화의 주된 소재가 되어 왔는데요, 이 시의 주제 역시 그런 전통의 연장선상에 있습니다. 모두 4편으로 된 연작시조인데, 1편을 제외하고는 두 수씩 지어 총 일곱 수가 되었습니다.

작품해설 / 한 수로 된 1편은 난초에 꽃이 피는 순간을 그리고 있습니다. 책을 들고 졸다 갑자기 서느런 느낌이 들어 눈을 뜨니 난초 꽃이 두어 송이 막 피려는 것이 보입니다. 여기서 '바야흐로' 란 말은 화자가 개화의 순간을 오랫동안 간절히 기다려 왔음을 암시합니다. 2편에는 난초에 닥친 시련과 그것을 돌보는 화자의 애타는 심정이 표현되어 있습니다. 밤새 바람이 불어 새로 난 난초 잎이 꺾일 것 같아 화자는 잠을 이루지 못합니다. 밤이 지나고 아침이 오자 바람이 그치고 난초 향기가 아침 별 속에 풍겨옵니다. 두 번이나 반복되는 '차

더 알아두기

난초의 정신적 의미는 마지막 연에 집약되어 있습니다. 난초의 품격을 요약하는 말은 '깨끗함' 으로, 이는 사람이 본받아야 할 삶의 자세입니다. 예로부터 선비들은 매화, 난초, 국화, 대나무를 사군자四君子라 하여, 그것들이 지닌 속성을 삶의 지표로 삼았습니다. 이들은 모두 고고하고 고결한 정취와 기품을 가진 초목으로 군자의 덕을 표상합니다.

마' 란 말이 잠시도 자리를 뜨지 못하고 밤을 새며 난초를 돌보는 화자의 애틋한 심정을 잘 드러내고 있습니다. 3편에는 화자와 난초의 교감이 그려져 있습니다. 온종일 비가 오는 날, 아마도 홀로 사는 듯한 화자는 더욱 진한 외로움을 느끼게 됩니다. 이를 위로해 주는 것이 바로 난초입니다. 꽃이 지던 난초에 다시 한 송이 꽃이 피니 난초가 화자의 마음을 알아주는 듯합니다. 화자와 난초는 둘 다 외롭고 쓸쓸한 존재로, 난초는 화자의 보호를 필요로 하고 화자는 난초의 위로를 필요로 합니다. 마지막 4편에는 난초의 자태와 품성이 간결하게 표현돼 있습니다. 그 중 1연은 난초의 청초하고 수려한 외양에 대한 묘사이고, 2연은 난초의 순수하고 정결한 기품에 대한 서술입니다. 모양으로 보면, 난초의 잎새는 부드럽고, 꽃은 아름답고, 줄기는 깨끗합니다. 그리고 품성으로 보면, 난초는 마음과 뿌리와 삶이 한결같이 맑고 깨끗한 존재입니다.

- 난초를 이렇게 애지중지하며 가꾸는 이유는 무엇일까요?
- 정말로 난초가 사람의 마음을 위로해 줄 수 있을까요?
- 이 시로 보건대 난초는 어떤 식물일지 생각해 봅시다.

박연폭포 朴淵瀑布 _이병기

이제 산에 드니 산에 정이 드는구나.
오르고 내리는 길 괴로움을 다 모르고
저절로 산인山人이 되어 비도 맞아 가노라.

이 골 저 골 물을 건너고 또 건너니
발 밑에 우는 폭포 백이요 천이러니
박연을 이르고 보니 하나밖에 없어라.

봉머리 이는 구름 바람에 다 날리고
바위에 새긴 글발 메이고 이지러지고
다만, 이 흐르는 물이 궂지 아니하도다.

읽기 전에 생각하기 / 박연폭포는 개성에 있는 유명한 명승지입니다. 이를 소재로 하여 영원성을 구현하고 있는 대상인 자연을 예찬하고, 동화하고자 하는 의지를 표현한 작품입니다. 또한 폭포를 향해 가는 험한 여정, 웅장한 폭포의 위용, 장엄한 폭포를 둘러싼 풍경에 대한 묘사와 자연에 대한 시인의 의식이 중첩되어 있으므로, 풍경 자체 보다는 풍경의 의미를 이해하는 데 초점을 맞춰야 합니다.

작품해설 / 처음 1연은 박연폭포를 보러 산을 오르는 과정을 그리고 있습니다. 산에 정이 든다는 말은 산에 동화된다는 뜻이지요. 자연과 하나가 됐으니 비를 맞으며 오르고 내리는 험한 노정이 힘들지 않게 느껴집니다. 그래서 괴로움조차 알지 못합니다. 산인은 산사람으로, 세상을 등지고 산 속에 들어가 자연과 일체가 되어 사는 사람을 이르는 말입니다. 2연은 박연폭포에 대한 묘

더 알아두기

박연폭포는 금강산의 구룡폭포, 설악산의 대승폭포와 함께 한국의 삼대 폭포로 꼽힙니다. 박연폭포는 또한 이름난 유학자 서경덕, 유명한 기생 황진이와 더불어 이른바 송도삼절松都三絕로 알려져 있습니다. 박연이라는 이름의 유래에 얽힌 고사가 있습니다. 옛날에 박진사가 폭포에 놀러왔다가 아름다운 경치에 도취되고, 폭포 밑 못에 사는 용녀에게 홀려 용궁으로 가게 되었습니다. 그 어머니는 자식이 돌아오지 않자 폭포에 뛰어들어 죽었습니다. 결국 나중에 이 사실을 안 박진사도 어머니의 뒤를 따라 폭포 물에 뛰어들어 죽었습니다. 그래서 박진사의 성을 따 박연폭포라 부른다고 합니다.

사로 구체적 모습을 그리지 않고 다른 폭포와의 대비만을 제시하고 있습니다. 수많은 골짜기와 물을 건너는 동안 여러 폭포를 봤지만 박연폭포에 이르고 보니 그것들은 폭포 축에도 끼지 못한다는 생각이 들게 됩니다. 그만큼 박연폭포가 웅장하고 장엄하다는 얘기입니다. 3연에서 화자는 박연폭포를 통해 자연의 영원함을 체감합니다. 산봉우리에 이는 구름은 바람이 불면 사라집니다. 사람이 바위에다 새긴 글발도 세월이 흐르면 이지러져 없어집니다. '메이다'란 말은 원래 묻히거나 막힌다는 뜻인데, 여기서는 닳아 없어진다는 의미로 새기면 됩니다. 그렇다면 과연 영원한 것은 무엇일까요? 그것은 바로 박연폭포입니다. 마지막에 그치지 않고 흘러 떨어지는 물을 보며 시인은 자연의 영원성을 실감합니다.

- 박연폭포는 어떻게 생겼을지 생각해 봅시다.
- 산인은 어떤 사람일까요?
- 폭포말고 자연의 영원성을 나타내 줄 수 있는 것은 어떤 것들이 있을지 생각해 봅시다.

금강에 살으리랏다 _이은상

금강에 살으리랏다 금강에 살으리랏다

운무* 데리고 금강에 살으리랏다

홍진*에 썩은 명리*야 아는체나 하리요

이 몸이 스러진 뒤에 혼이 정녕 있을진대

혼이나마 길이길이 금강에 살으리랏다

생전에 더럽힌 마음 명경*같이 하고저

이은상(1903~1982)은 경상남도 마산에서 태어나 연희전문학교와 일본 와세다대학에서 공부하였습니다. 그는 시조부흥운동을 이끌었고, '양장시조론' 이라는 독특한 시론을 제기하였습니다. 평생 동안 전통문화의 창달, 애국사상의 고취, 민족의식의 앙양에 힘쓴 인물로, 호는 노산입니다. 후에 서울대학교, 영남대학교 등에서 교수를 역임하였습니다.

읽기 전에 생각하기 / 이은상의 시조는 가곡으로 널리 알려져 있습니다. 이 시를 비롯해 〈가고파〉〈성불사의 밤〉〈옛 동산에 올라〉 등이 유명합니다. 여기서 금강은 금강산입니다. 금강산을 예찬한 노래로, 금강산을 속세에 대비되는 이상적 공간으로 그렸습니다. 시인이 추구하는 삶의 이상이 이상향으로서의 금강산의 의미를 이룹니다.

작품해설 / 전체 2연으로 이루어진 연시조로, 금강산에서 살고 싶은 바람과 살겠다는 의지가 강하게 표출되어 있습니다. 여기서의 '살으리랏다'는 독특한 표현으로 소망과 다짐을 동시에 드러내고 있습니다. 1연에는 '금강에 살으리랏다'는 말이 세 번 반복됩니다. 그만큼 마음이 간절하다는 뜻이지요. 그리고 구름과 안개를 데리고 산다고 하니 이는 혼자 사는 것을 뜻합니다. 산과 구름과 안개는 모두 자연에 속하는 것으로 결국 자연 속에서 혼자 살겠다는 말이 됩니다. 혼자서 산 속에 들어가 살겠다는 이유는 세상을 더럽고 번거롭고 속되게 여기기 때문입니다. 화자는 세상에서 얻는 명예나 이익은 아는 체도 하지 않겠다고 말합니다. 2연은 몸과 혼의 대비로 시작됩니다. 사람에게는 몸만 있는 것이 아니라 혼도 있으니, 살아서 금강산에 들어가 살 수 없다면 죽은

- 운무 : 구름과 안개.
  홍진 : 햇빛에 비쳐 벌겋게 일어나는 티와 먼지를 가리킴. 번거롭고 속된 세상을 비유적으로 이르는 말로 쓰임.
  명리 : 명예와 이익.
  명경 : 맑은 거울.

뒤에 혼만이라도 가서 살겠다는 결심이 강하게 표현되어 있습니다. 혼이나마 금강산에 들어가 살려는 것은 살아생전 세상에서 더럽힌 마음을 깨끗하게 씻기 위해서이지요.

- 이 시의 '살으리랏다'는 말은 과연 무슨 뜻일까요?
- 왜 금강산에 들어가 살려고 하는지 생각해 봅시다.
- 금강산에 들어가 살면 정말로 마음이 깨끗해질 수 있을까요?

달밤 _이호우

낙동강 빈 나루에 달빛이 푸릅니다
무엔지 그리운 밤 지향없이 가고파서
흐르는 금빛 노을에 배를 맡겨 봅니다.

낮익은 풍경이되 달 아래 고쳐 보니
돌아올 기약없는 먼 길이나 떠나온 듯
뒤지는 들과 산들이 돌아 뵙니다.

아득히 그림 속에 정화淨化된 초가집들
할머니 조웅전趙雄傳에 잠들던 그 날 밤도
할버진 율律 지으시고 달이 밝았더니다.

● 이호우(1912～1970)는 경상북도 청도에서 태어나 경성 제일고등 보통학교에 입학했다 신경쇠약으로 귀향했고, 일본 도쿄예술대학에도 입학했으나 같은 이유로 학업을 포기하고 귀국하였습니다. 인간의 보편적인 욕망과 안식, 의지와 관념 등을 주제로, 현대적인 감각과 정서를 시조 양식을 통해 표현함으로써 전통성과 현대성의 조화를 이룩한 시인으로 평가받습니다. 호를 한자만 다른 '이호우爾豪愚'라 했으며, 같은 시조 시인인 이영도와 남매간입니다.

미움도 더러움도 아름다운 사랑으로

온 세상 쉬는 숨결 한 갈래로 맑습니다.

차라리 외로울망정 이 밤 더디 새소서

읽기 전에 생각하기 / 달밤에 느끼는 애조 띤 낭만적 정조를 시조 양식을 통해 형상화한 작품입니다. 양식은 전통적이나 시 속에 담긴 정서나 표현은 보편적인 것으로 현대시와 별 차이가 없습니다. 감각적인 묘사, 회화적인 심상, 절제된 정조 등 현대시의 미덕으로 간주되는 요소를 두루 갖추기 때문입니다.

작품해설 / 이 시의 공간적 배경은 강이고, 시간적 배경은 달밤입니다. 무엇인가 그리워 지향없이 가고픈 마음에 푸른 달빛이 비치는 강에다 배를 띄웁니다. 과연 무엇이 그리운 것일까요? 알 수 없습니다. 어디로 가는 걸까요? 그 또한 정해진 바가 없습니다. 다만 나루에 비치는 달빛이 너무나 아름다워 그냥 어디론가 멀리 가고 싶을 뿐입니다. 그래서 금빛 노을에 배를 맡겨 본다고 하였습니다. 배는 그저 강물이 흐르는 대로 흘러갈 것입니다. 아름다운 달빛 아래 어딘지 모르게 흘러가는 배 안에서 바라보니 낯익은 풍경이 새삼스럽게 여겨집니다. 어디론가 멀리 떠나 다시 돌아올 기약없는 나그네의 심정에서 바라

더 알아두기

전체 4연으로 된 연시조로, 앞에서 뒤로 가면서 처음에는 막연했던 낭만적 정조가 점점 구체화됩니다. 애초에 낭만적 동경의 내포가 존재했던 것이 아니라 막연한 그리움에 오래 잠겨 있다보니 차츰 그 이유와 지향이 머릿속에 떠오른 것이라 보는 것이 좋을 것입니다. 1, 2연은 풍경, 3, 4연은 심리를 다루고 있습니다. 풍경과 심리는 아름답지만 세상은 그렇지 않습니다. 미움과 더러움은 세상에 속한 것입니다. 미움과 더러움을 없애려면 세상을 벗어나야 하기 때문에 결국 외로울 수밖에 없습니다.

보니 그런 것이지요. 정말 어디론가 멀리 다시 돌아올 수 없는 길을 떠나는 것일까요? 그렇지는 않습니다. 다만 그런 심정인 것이지요. 달밤에 배를 타고 가자니 먼 옛날의 추억 하나가 떠오릅니다. 아득히 먼 옛날의 일입니다. 깨끗하게 손질한 초가집에서 화자와 할머니와 할아버지가 살았습니다. 달이 무척이나 밝았던 어느 날, 화자는《조웅전》이란 옛 소설을 읽다 잠드신 할머니와 그 곁에서 한시를 지으시는 할아버지를 지켜본 적이 있습니다. 별것 아니지만 화자에게 이 광경은 소중하고 아름다운 추억으로 남아 있습니다. 푸른 달빛이 비치는 낙동강의 풍경과 조부모와 함께 했던 어린 시절의 추억에는 미움도 더러움도 없습니다. 그것들은 마냥 아름답고 깨끗한 사랑의 표상입니다. 화자는 지금 풍경과 추억에 잠겨 온 세상이 아름답고 깨끗하게 느껴지는 희귀한 경험을 하고 있습니다. 혼자 있으니 외롭기는 하지만 그는 이 꿈 같은 순간에서 벗어나고 싶지 않습니다. 그래서 이 밤이 더디 새기를 바라고 있습니다.

- 화자가 그리워하는 것은 무엇일까요?
- 화자는 궁극적으로 어디로 가려는 것일까요?
- 외로운데 밤이 더디 새기를 바라는 이유가 무엇일지 생각해 봅시다.

개화 開花 _이호우

꽃이 피네, 한 잎 한 잎.
한 하늘이 열리고 있네.

마침내 남은 한 잎이
마지막 떨고 있는 고비.

바람도 햇볕도 숨을 죽이네.
나도 가만 눈을 감네.

읽기 전에 생각하기 / 개화는 꽃이 핀다는 말입니다. 개화의 순간을 극적인 절정의 순간으로 그려낸 시조로, 현대시조가 고전시조와 어떻게 다른지를 분명하게 보여주는 작품으로 유명합니다. 고전시조에는 이런 형식과 내용을 가진 작품이 없습니다. 잘 보지 않으면 시조라는 사실을 알기 어려울 정도로 현대시에 근접해 있습니다.

작품해설 / 내용을 요약하자면 간단합니다. 한마디로 꽃이 피는 순간의 긴장된 느낌을 표현했다고 보면 됩니다. 개화는 생명 현상이니 생명 탄생을 신비하게 여기는 마음이 긴장을 불러 왔다고 볼 수 있습니다. 1연에서 시인은 꽃이 한 잎 한 잎 핀다고 말합니다. 이것은 눈으로 볼 수 있는 현상이 아닙니다. 우리는 꽃봉오리를 보고, 그 다음에 피어난 꽃을 볼 수 있을 뿐입니다. 초고속 카메라로 찍어서 보지 않는 이상 아무리 꽃을 들여다보고 있어도 꽃 피는 순간을 볼 수는 없지요. 그러니 여기에 묘사된 장면은 시인이 상상한 것입니다. 하늘이 열리는 것을 개벽이라 하는데요, 세상이 처음으로 생겨 열리는 것을 뜻

더 알아두기

시조는 3장 6구인데, 이 시조는 두 구를 한 행으로 쓰고, 한 장을 한 연으로 처리하였습니다. 그래서 시조처럼 보이지 않는 것입니다. 두 줄로 된 한 연이 각각 초장, 중장, 종장에 해당합니다. 마지막에 눈을 감는다고 했는데, 되짚어 보면 이 시 전체가 눈을 감고 상상해 본 개화의 순간을 그리고 있는 것입니다.

합니다. 세상에 없던 한 송이 꽃이 피어나기 위해서는 자연이 한 치의 오차도 없이 제대로 돌아가야 하는 것이니, 개화가 자연의 신비를 보여준다는 생각에서 그런 말을 한 것입니다. 없던 꽃이 새로 생겼으니 세상이 달라진 것이라 봐도 무방할 것입니다. 2연은 끝으로 남은 한 잎이 피어나려는 조짐을 보이는 최후의 순간을 그리고 있습니다. 개화가 완성되는 긴장된 순간입니다. 그래서 꽃잎이 떨리고, 3연에서 말한 대로 바람도 햇볕도 숨을 죽이고, 화자는 눈을 감습니다. 바람과 햇볕의 행위는 자연의 조화와 신성함을 말해주고, 화자의 행동은 자연의 신비에서 오는 감동을 표현합니다.

- 마지막 순간에 꽃잎은 왜 떨고 있을까요?
- 화자는 왜 최후의 순간에 눈을 감은 것일까요?
- 과연 꽃은 모두 피었을지 생각해 봅시다.

벽공碧空 _이희승

손톱으로 툭 튀기면
쨍 하고 금이 갈 듯.

새파랗게 고인 물이
만지면 출렁일 듯,

저렇게 청정 무구淸淨無垢를
드리우고 있건만.

이희승(1896~1989)은 호는 일석으로 경기도 광주에서 태어났으며 경성제국대학 조선어문학과를 졸업한 후 일본으로 유학을 가서 도쿄제국대학 대학원을 다녔습니다. 후에 한글을 연구하는 국어학자로 활동하면서 자연의 의미와 인생의 의의를 추구하는 시를 썼습니다. 그리고 서울대학교 교수 및 동아일보 사장을 역임했습니다.

읽기 전에 생각하기 / 제목인 벽공은 푸른 하늘을 뜻합니다. 한마디로 이 시는 티 없이 맑고 푸른 하늘을 대상으로 자연의 정결함과 세상의 혼탁함을 대비해 놓은 작품입니다. 순수한 하늘의 의미를 드러내는 감각적인 비유가 탁월하고, 행과 연을 조정해 놓은 시조 형식이 간결해 마치 현대시를 읽는 듯한 느낌입니다.

작품해설 / 1연과 2연은 푸른 하늘에 대한 비유입니다. 푸른 하늘이 마치 얇은 유리 같아서 손톱으로 툭 튀기면 쨍 하고 금이 갈 것 같습니다. 맑고 깨끗하다는 뜻을 강조하기 위해 이런 비유를 쓴 것이지요. 또한 푸른 하늘은 새파란 물이 가득 고인 호수처럼 보입니다. 그래서 만지면 출렁일 듯합니다. 푸른 물이 가득 고여 있으니 풍요롭고, 손으로 만지는 것만으로도 물결이 이는 것을 볼 수 있으니 고요합니다. 1연과 2연에 나타난 벽공의 의미는 청정, 순수, 풍

더 알아두기

이 시는 세 편으로 이루어진 〈추삼제〉란 연시조 중의 한 편입니다. 가을을 맞아 세 가지 제목으로 시를 쓴 것입니다. 〈낙엽〉과 〈남창〉이란 제목의 나머지 두 편을 참고로 싣습니다.

〈낙엽〉
시간에 매달려 / 사색에 지친 몸이
정적을 타고 내려 / 대지에 앉아 보니
공간을 바꾼 탓인가 / 방랑길이 멀구나

〈남창〉
햇살이 쏟아져서 / 창에 서려 스며드니
동공이 부시도록 / 머릿속이 쇄락해라
이렇게 명창청복明窓淸輻을 / 분에 겹게 누림은

요, 고요라고 할 수 있는데, 3연에서 이들을 종합해 청정무구라 하였습니다. 결국 맑고 깨끗해 더럽거나 속된 데가 없다는 말입니다. 이 시는 특이하게도 종결 어미가 아니라 연결 어미로 끝나고 있습니다. 그래서 여운이 강하게 남습니다. 마지막의 '-건만' 이란 어미는 앞에서 말한 사태가 저러하니 뒤에서 말할 사태는 이러해야 하는데, 사실은 그렇지 못해 실망스럽다는 느낌을 담고 있습니다. 앞에서 얘기한 것은 자연으로서의 하늘입니다. 그렇다면 뒤에서 얘기할 것은 무엇일까요? 답은 바로 사람 사는 세상입니다. 인간 세상은 불결하고 불순하고 구차하고 소란스럽습니다. 푸른 하늘을 보니 인간 세상의 누추함과 혼탁함이 더 강하게 느껴져 이런 시를 쓴 것인지도 모르겠습니다.

- 결국 이 시에서 말하는 '하늘' 은 어떻다는 것인가요?
- 마지막에 생략된 말은 무엇일지 유추해 봅시다.
- 왜 이 시를 썼을지에 대해 생각해 봅시다.

고무신 _장순하

눈보라 비껴 나는

── 全 ── 群 ── 街 ── 道 ──

퍼뜩 차창車窓으로

스쳐 가는 인정人情아!

외딴집 섬돌에 놓인

하나 둘 세 켤레

● 장순하(1928~)는 전라북도 정읍에서 태어나 원광대학교 국문과를 졸업하였습니다. 교사로 일하면서 시조를 썼는데, 고전시조의 정형적 형식과 주정적 내용에서 벗어나 시조의 현대성을 보여줄 수 있는 특유의 양식을 실험해 주목받았습니다.

읽기 전에 생각하기 / 참으로 희한한 형태의 시조입니다. 현대 자유시에서도 실험적인 것으로 여겨지는 형식 파괴를 시조에서 시도하였습니다. 부호, 도형, 글자체 등 시각적인 요소가 작품의 의미 형성에 어떻게 기여하는지에 초점을 맞추어 감상해 봅시다.

작품해설 / 이 시의 내용을 요약하고 있는 말은 2연에 나오는 '인정' 입니다. 시골 사람들의 생활에서 느껴지는 소박한 인간미가 이 시의 주제라 할 수 있습니다. 그런데 그것을 표현하는 방법이 정말로 독특합니다. 1연에서 화자는 지금 눈보라를 맞으며 전군가도라는 길을 가고 있습니다. 전군가도는 전주와 군산 간의 도로입니다. 눈보라가 비껴 난다 했으니 차를 타고 가는 것 같은데, 도로명의 앞뒤와 사이에 줄표를 넣은 것은 직선으로 뻗은 찻길의 모습을 사실적으로 보여주고, 속도감을 느끼게 하기 위해서입니다. 뒤의 2연은 빠른 속도로 달리는 차안에서 바라본 풍경이 주는 느낌을 서술하고 있습니다. 퍼뜩 차

더 알아두기

이런 시는 독특함과 신선함으로 가치를 지닙니다. 따라서 이런 형태로 처음 씌어진 작품만 가치를 지닙니다. 전주와 군산을 잇는 전군가도는 일제 시대에 지어진 우리나라 최초의 포장도로입니다. 일본은 한국 최대의 곡창 지대인 호남평야에서 나는 쌀을 수탈해 가기 위해 한일 합방 이전인 1908년에 이 길을 개통해 아스팔트 포장까지 했습니다. 지금은 이 길을 따라 심어진 벚꽃 때문에 '전군가도 1백리 벚꽃 길' 로 통하고, 해마다 전군가도 벚꽃 축제가 열리고 있습니다.

창 밖으로 무엇인가가 스쳐가며 보였는데, 화자는 거기서 인정을 느끼고 있습니다. 과연 무엇을 본 것일까요? 바로 뒤의 3연에 화자가 본 것이 그려져 있습니다. 길가 외딴집 섬돌에 놓인 신발입니다. 네모 모양의 섬돌 위에 크기가 다른 한 가족의 신발 세 켤레가 가지런히 정리되어 있습니다. 거기서 화자는 따뜻한 방에 함께 모여 단란한 시간을 보내고 있는 순박한 가족의 모습을 떠올리고, 훈훈한 인간미를 느낍니다.

- 왜 이런 형식으로 시를 쓴 것인지 생각해 봅시다.
- 줄표를 넣은 이유는 무엇일까요?
- 외딴집 섬돌에 놓인 신발을 보고 화자는 무슨 생각을 했을까요?

조국 _정완영

행여나 다칠세라
너를 안고 줄 고르면

떨리는 열 손가락
마디마디 에인 사랑

손 닿자 애절히 우는
서러운 내 가얏고여

둥기둥 줄이 울면
초가삼간 달이 뜨고

흐느껴 목 메이면
꽃잎도 떨리는데

정완영(1919~)은 호는 백수白水로 경상북도 금릉에서 태어났습니다. 전통적 서정성과 자연관을 바탕으로 시조 부흥에 힘쓰고 있는 시인으로, 대상에 대한 관조와 상상력에 의한 변용을 아우르는 표현을 구사해 현대시조를 자유시에 버금가는 경지에 올려놓았다는 평가를 받고 있습니다.

푸른 물 흐르는 정에
눈물 비친 흰 옷자락

통곡도 다 못하여
하늘은 멍들어도

피맺힌 열두 줄은
굽이굽이 애정인데

청산아, 왜 말이 없이
학鶴처럼만 여위느냐.

| 정완영 | 鄭椀永 |

읽기 전에 생각하기 / 조국에 대한 사랑과 분단이라는 비극적 현실에 대한 비탄을 가야금의 가락을 빌려 노래한 작품입니다. 애절한 가야금의 가락과 비통한 시인의 심정을 하나로 합쳐 애끓는 조국애와 민족의 정한을 간절하게 표현하고 있습니다.

작품해설 / 가야금은 우리 민족의 전통 악기입니다. 그래서 가야금을 연주하면 조국의 역사와 현실이 떠오르고, 조국에 대한 사랑과 비탄이 절로 솟아나게 됩니다. 이런 의식이 이 시의 전체를 이끌어 나가고 있습니다. 1연에서 화자는 정성스런 손길로 가야금을 안고 줄을 고릅니다. 연주를 시작하기 전 음을 맞추기 위해서지요. 가야금을 조국을 상징하는 신성한 악기라 여기기 때문에 행여나 다칠세라 만지기도 조심스럽습니다. 그래서 가야금을 연주하는 손가락은 떨리고, 열 손가락 마디마디에는 조국에 대한 사랑이 맺혀 있습니다. 그런데 조국애에 사무친 손이 닿자마자 가야금은 애절히 울기 시작합니다. 왜

더 알아두기

조국과 조국의 현실 상황을 비유적으로 나타내는 어휘와 시인의 심정을 표현하는 어휘를 정리해 보면 이 시의 주제와 표현이 명확해집니다. 가야금, 초가삼간, 달, 흰 옷자락, 청산, 학은 조국을 나타내고, 서러운, 멍들어도, 말이 없이, 여위느냐는 조국의 현실을 가리킵니다. 시인의 마음을 나타내는 시어는 다칠세라, 떨리는, 애절히 우는, 울면, 흐느껴 목 메이면, 정, 눈물 비친, 통곡, 피맺힌, 애정입니다.

일까요? 분단된 조국의 현실이 참으로 비통하기 때문입니다. 2연에서 이 울음은 시각적 심상으로 변형됩니다. 줄이 울며 연주가 시작되고 화자는 초가삼간 위로 달이 뜬 풍경을 떠올립니다. 이것은 우리나라의 토속적 · 향토적 정경으로, 조국에 대한 화자의 사랑을 심화시킵니다. 나라를 사랑하는 마음이 커지면 나라에 대한 슬픔도 커져 가야금은 흐느껴 목 메이고, 거기에 감동된 듯 꽃잎도 떨립니다. 가야금으로 푸른 물처럼 흘러가는 변함없이 간절한 정을 표현하니, 눈물이 흘러 흰 옷자락을 적십니다. 3연에서 울음은 통곡으로 변하고, 비극적인 조국의 현실에 대한 탄식이 터져 나옵니다. 그런데 통곡을 다 하기도 전에 조국의 하늘은 한이 응어리져 멍이 듭니다. 결국 가야금 열두 줄에는 피 맺힌 한과 애정이 사무칩니다. 마지막으로 시인은 조국에 대한 애절한 사랑과 비탄을 참지 못하고 절규합니다. 마지막 연의 청산은 조국을 가리키고, 학처럼 여위는 것은 분단의 비극이 점점 더 심해져 가는 것을 나타냅니다.

- 왜 가야금을 이 작품의 소재로 택했을까요?
- 가야금을 연주하는 화자의 마음은 어떨지 생각해 봅시다.
- 조국은 지금 어떤 상황일까요?

동심가同心歌 _이중원

잠을 씨* 세, 잠을 씨세.
ᄉᆞ* 쳔 년이 쑴 쇽이라.
만국萬國이 회동會同* ᄒᆞ야
ᄉᆞ히四海*가 일가一家로다

구구세졀區區細節* 다 ᄇᆞ리고
샹하上下 동심同心 동덕同德* ᄒᆞ세.
놈으 부강富强 불어ᄒᆞ고
근본 업시 회빈回貧* ᄒᆞ랴.

법을 보고 개 그리고
몸을 보고 ᄃᆞᆰ 그린가.
문명 기화 ᄒᆞ랴 ᄒᆞ면
실샹 일이 뎨일第一이라.

● 이 시의 작자인 이중원이 어떤 사람인지는 알려진 바도 없고, 언제 태어나서 언제 죽었는지도 모릅니다. 작자에 대해서는 당시에 나라 걱정을 많이 한 인물이라는 추측만이 있습니다.

못세 고기 불어 말고

그물 ᄆᆡᄌᆞ 잡아 보세.

그물 밋기 어려우랴.

동심결同心結*노 ᄆᆡᄌᆞ보셰.

씨 : 옛국어에 쓰이던 표기법으로 서로 다른 자음을 합하여 씀으로써 된소리의 기능을 한다.
ᄉᆞ : 아래아 표기법은 옛국어에서 쓰이던 양성모음으로 ‘ㅏ’ 와 ‘ㅓ’ 의 중간 발음 정도의 역할을 한다.
회동 : 모이다.
사해 : 온 세상.
구구세절 : 이런저런 자잘한 일들을 가리킴.
동덕 : 덕을 함께 함.
회빈 : 제 마음대로 함.
동심결 : 서로 맞죄어 매는 매듭.

읽기 전에 생각하기 / 1894년 갑오경장부터 1910년 한일합방 전후까지를 개화기라 합니다. 국사 시간에 배운 대로 1876년 병자수호조약부터로 보기도 합니다. 개화란 지식을 통해 새로운 사상과 문물과 제도를 수립하는 것을 말하고, 여기서 새롭다는 것은 서양식을 말합니다. 이 시는 개화가사에 속하는데, 개화기에 씌어진 가사가 바로 개화가사입니다. 가사는 고전시가로 옛날부터 있던 것이니 오래된 형식에 새로운 내용을 담은 노래라 하겠습니다.

작품해설 / 4행씩 4연이고, 가사 특유의 네 음보 율격입니다. '문명 개화' 란 말이 이 시의 핵심입니다. 그것이 제일 중요하니 힘과 뜻을 모아 이루어 보자

더 알아두기

표기법이 지금과 다르고, 한자어도 많아 요즘 쓰는 말로 바꿔놓고 읽어 봅시다.

잠을 깨세, 잠을 깨세.
사천년이 꿈속이라.
만국이 회동하여
사해가 일가로다.

구구세절 다 버리고
상하 동심 동덕 하세.
남의 부강 불어하고
근본 없이 회빈하랴.

법을 보고 개 그리고
몸을 보고 닭 그린가.
문명 개화 하려 하면
실상 일이 제일이라.

못세 고기 불어 말고
그물 맺어 잡아 보세.
그물 맺기 어려우랴.
동심결로 맺어보세.

고 권합니다. 여기서 '잠—꿈'과 '부강—실상'은 대립적인 의미를 지닙니다. 문명 개화 이전이 잠이고 꿈입니다. 그래서 가난하고 약하였습니다. 문명 개화하면 부유하고 강해집니다. 잠자며 꾼 꿈이니 진짜가 아니라 가짜입니다. 따라서 허상이지요. 문명 개화하면 실제로 무슨 일이든 이룰 수 있습니다. 실상이 중한 까닭이 여기 있습니다.

- 이 시에 나타난 사고방식을 두고 흔히 '낙관주의'라 합니다. 이것이 의미하는 바가 무엇인지 알아봅시다.
- '사해가 일가'라 해 온 세상을 한 집안으로 봤는데, 정말로 그럴 수 있을까요?
- '상하 동심'이라고 윗사람 아랫사람이 마음을 합치자 하였습니다. 어떻게 해야 그렇게 될 수 있을지 생각해 봅시다.

애국하는 노래 _ 이필균

아셰아에 대죠션이 ᄌᆞ쥬 독립 분명ᄒᆞ다.

(합가) 이야에야 ᄋᆡ국ᄒᆞ세 나라 위ᄒᆡ 죽어 보셰.

분골ᄒᆞ고 쇄신토록 츙군ᄒᆞ고 ᄋᆡ국ᄒᆞ세.

(합가) 우리 정부 놉혀 주고 우리 군면 도와 주세.

깁흔 잠을 어서 ᄭᆡ여 부국강병富國强兵 진보ᄒᆞ세.

(합가) 놈의 천ᄃᆡ 밧게 되니 후회 막금 업시ᄒᆞ세.

한심ᄒᆞ고 일심되야 셔셰동점西勢東漸 막아보세.

(합가) ᄉᆞ롱공샹士農工商 진력ᄒᆞ야 사ᄅᆞᆷ마다 ᄌᆞ유ᄒᆞ세.

남녀 업시 입학ᄒᆞ야 셰계 학식 ᄇᆡ화보자.

(합가) 교육ᄒᆡ야 기화되고, 기화ᄇᆡ야 사ᄅᆞᆷ 되네.

팔괘국기八卦國旗 놉히 달아 륙ᄃᆡ쥬에 횡횡ᄒᆞ세.

(합가) 산이 놉고 믈이 깁게 우리 ᄆᆞ음 ᄆᆡᆼ셰ᄒᆞ세.

● 〈동심가〉를 쓴 이중원과 마찬가지로 이필균이란 인물도 어떤 사람인지 알려진 것이 없습니다. 그저 학부주사였다는 직급만 알려져 있습니다.

읽기 전에 생각하기 / 이 시도 개화가사입니다. 〈동심가〉와 대비해 읽으면 공통점과 차이점을 발견할 수 있습니다. 공통점은 당시 사람들이 일반적으로 가졌던 생각일 것이고, 차이점은 사람에 따라 상황을 달리 보는 관점을 나타낼 것입니다. 형식도 살펴두면 좋습니다. 개화가사는 전통적인 가사 형식에 빌려 새로운 사상을 펼친 것인데, 그렇게 하는 과정에서 형식 자체에도 약간의 변화가 생겼습니다. 쉽게 노래하거나 읊조릴 수 있게 길이가 짧아지고, 연을 나누기도 하였습니다. 그러면서 반복구나 후렴구도 생겼습니다.

더 알아두기

표기법이 지금과 다르고, 한자어도 많아 요즘 쓰는 말로 바꿔놓고 읽어 봅시다.

아시아의 대조선이 자주 독립 분명하다.
에야에야 애국하세 나라 위해 죽어보세.
분골하고 쇄신토록 충군하고 애국하세.
우리 정부 높여주고 우리 국민 도와주세.
깊은 잠을 어서 깨어 부국강병 진보하세.
남의 천대 받게 되니 후회막급 없이하세.
합심하고 일심되어 서세동점 막아보세.
사농공상 진력하여 사람마다 자유하세.
남녀 없이 입학하여 세계 학식 배워보자.
교육해야 개화되고 개화해야 사람 되네.
팔괘 국기 높이 달아 육대주에 횡행하세.
산이 높고 물이 깊게 우리 마음 맹세하세.

작품해설 / 이 시의 주제를 요약하면, 자주 독립과 문명 개화입니다. 본문은 차례차례 주제를 자세히 설명합니다. 그러므로 순서대로 살피면 내용이 분명해집니다. 우리나라가 자주 독립 국가임을 믿는다는 말로 시작해, 충성하고 애국해야 한다, 부국강병을 이뤄야 한다, 서양의 침략을 막아야 한다, 교육을 통해 개화되어야 한다고 하고, 자주 독립을 이뤄 국위를 선양해야 한다는 것으로 끝을 맺고 있습니다. '합가' 란 한 사람이 앞줄을 노래 부르고, 이어 모두 함께 뒷줄을 노래하라는 표시입니다.

- '깊은 잠' 에서 깨야 한다는 말은 무엇을 의미할까요?
- 충성, 애국, 교육, 개화 등의 최종 목적은 무엇입니까?
- 교육과 개화와 사람이 서로 어떤 관계에 있는지 생각해 봅시다.

해海에게서 소년에게 _ 최남선

1

처얼썩 처얼썩 척 쏴아아.

따린다 부순다 무너버린다.

태산* 같은 높은 뫼 집채 같은 바윗돌이나

요것이 무어야 요게 무어야.

나의 큰 힘 아느냐 모르느냐 호통까지 하면서

따린다 부순다 무너버린다.

처얼썩 처얼썩 척 튜르릉 콱.

2

처얼썩 처얼썩 척 쏴아아.

내게는 아무것 두려움 없어

육상에서 아무런 힘과 권權*을 부리던 자라도

● 최남선(1890~1957)은 호를 육당六堂이라 했고, 호만으로도 많이 불립니다. 황실유학생에 뽑혀 일본에 유학을 가서 명문 와세다 대학을 다녔으며 개화기와 근대 초기에 다방면에 걸쳐 사회 활동을 많이 해 민족의 지도자로 꼽힙니다. 여기서 중요한 것은 문학적 업적으로 한국 최초의 종합 잡지인 《소년》을 창간한 것이 대표적인 일입니다. 최초의 신체시를 썼으며 시조 부흥 운동을 하였습니다. 그리고 고전 소설을 정리해 책으로 내기도 하였습니다. 또한 새로운 형식의 기행문을 많이 썼고 국어 연구를 지원한 시인입니다.

내 앞에 와서는 꼼짝 못하고
아무리 큰 물결도 내게는 행세하지 못하네.
내게는 내게는 나의 앞에는
처얼썩 처얼썩 척 튜르릉 콱.

3
처얼썩 처얼썩 척 쏴아아.
나에게 절하지 아니한 자가
지금까지 있거든 통기* 하고 나서 보아라.
진시황 나팔륜* 너희들이냐.
누구 누구 누구냐 너희 역시 내게는 굽히도다.
나하고 겨룰 이 있건 오너라.
처얼썩 처얼썩 척 튜르릉 콱.

4
처얼썩 처얼썩 척 쏴아아.
조그만 산山모를 의지하거나
좁쌀 같은 작은 섬 손뼘만한 땅을 가지고
그 속에 있어서 영악한 체를
부리면서 나 혼자 거룩하다 하는 자
이리 좀 오너라 나를 보아라.
처얼썩 처얼썩 척 튜르릉 콱.

5

처얼썩 처얼썩 척 쏴아아.

나의 짝 될 이는 하나 있도다.

크고 깊고 너르게 뒤덮은 바 저 푸른 하늘

저것은 우리와 틀림이 없어

작은 시비 작은 쌈 온갖 모든 더러운 것 없도다.

저 따위 세상에 저 사람처럼

처얼썩 처얼썩 척 튜르릉 꽉.

6

처얼썩 처얼썩 척 쏴아아.

저 세상 저 사람 모두 미우나

그 중에서 똑 하나 사랑하는 일이 있으니

담* 크고 순진한 소년배들이

재롱처럼 귀엽게 나의 품에 와서 안김이로다.

오너라 소년배 입맞춰 주마

처얼썩 처얼썩 척 튜르릉 꽉.

태산 : 높고 큰 산.
권 : 권력.
통기 : 통지, 기별.
나팔륜 : 나폴레옹.
담 : 담력

읽기 전에 생각하기 / 이 시를 최초의 '신체시新體詩'라 합니다. 신체시는 '신시'라고도 하는데, 새로운 모양의 시라는 뜻입니다. 이는 고전시가와 다른 형태라는 점에서 새롭습니다. 신체시 이후에 완전한 자유시가 등장하였기 때문에 신체시는 고전시가와 현대시 중간에 위치합니다. 시조나 가사는 형태가 정해진 정형시고, 현대시는 형식이 자유로운 자유시입니다. 신체시는 그 중간 형태로 자유로운 듯하나 여기에도 일정한 형식이 있습니다. 매 연마다 같은 줄을 비슷하게 맞추는 점 때문에 준정형시 또는 의사정형시라고 말하며 이러한 이유로 완전한 자유시로 간주되지 않습니다. 현대시를 대표하는 자유시에는 미치지 못하나 고전시가의 정형성에서 벗어난 점에서 가치가 인정됩니다.

작품해설 / 여기서 '해'는 바다입니다. 바다가 소년에게 하는 말을 적었습니다. 여기서 '바다'는 개화로 가능해질 새로운 시대의 상징이고, '소년'은 바로 그 새 시대의 주역입니다. 소년이 새로운 시대를 열어가야 하고, 열어갈 수 있음을 거센 어조로 외치고 있습니다. 바다는 힘이 세고 깨끗하고 소년은 담이 크고 순진합니다. 그래서 서로 통하는 것이 있습니다. 바다 같은 세상을 만들기 위해서는 소년이 필요하고, 소년만이 그런 세계를 이룩할 수 있습니다. 구시대의 온갖 안 좋은 것을 모두 다 없애고 완전히 새로운 세상을 만들자니 지금의 구세대로는 안 될 일입니다. 하지만 이 시의 화자는 '소년'이 아니고 '바다'입니다. 바다가 소년에게 하는 말이지 소년이 바다를 보고 하는 말이 아닙니다. 따라서 바다의 의미가 핵심을 이루고 있습니다. 바다는 보기보다 단순해 두 가지 성질만 가졌습니다. '큰 힘'과 '더러운 것 없도다'는 말에 바다의 속성이 모두 집약되어 있습니다. 작자는 세상 사람 중에 바다와 비슷한 성질을 가진 것은 소년밖에 없다고 생각하였습니다. 그래서 바다는 세상 사람을 모두 미워하지만 꼭 하나 소년의 무리만은 사랑합니다.

- 정말 바다는 소년과만 통하는 것일까요?
- 연과 연을 대비해 가며 잘 보면 이 시의 형식이 보인다고 합니다. 이 시의 형식을 간단히 말해 봅시다.
- 정말로 바다가 나폴레옹이나 진시황보다 강한지 생각해 봅시다.

애국가 _최돈성

대죠선국 건양 원년* 자쥬독님 깃버하세,

텬디간에 사람되야 진충보국* 뎨일이니,

님군께 츙성하고 정부를 보호하세.

인민들을 사랑하고 나라긔를 놉히 달세.

나라 도읍 생각으로 시종여일* 동심*하세.

부녀 경대* 자식 교휵 사람마다 할 거시라.

집을 각기 흥하려면 나라 몬져 보견하세.

우리 나라 보젼하기 자나 깨나 생각하세.

나라 위해 죽은 죽엄 영광이제 원한업네.

국가 태평* 가안락*은 사롱공샹* 힘을 쓰세.

우리 나라 흥하기를 비나이다. 하느님께,

문명 기화 열닌 세샹 말과 일과 갇게 하세.

이 시의 지은이 최돈성은 일반 시민으로 유명한 사람이 아니어서 출생 연대도 알려져 있지 않습니다. 이 시는 독자인 최돈성이 신문에 투고하여 실린 작품으로 당시 사람들의 생각이 잘 나타나 있습니다.

읽기 전에 생각하기 / 이 시는 개화가사입니다. 개화가사는 주로 《독립신문》과 《대한매일신보》에 실렸습니다. 《독립신문》에 실린 작품을 애국가류나라 사랑을 일깨우고 다짐하는 노래.라 하고, 《대한매일신보》에 실린 가사를 우국가사류나라의 현상이나 장래에 대하여 염려하는 노래.라 합니다. 원래 가사 형식을 약간씩 변형해 당시로는 새로운 시대를 맞이하는 자세와 의지를 강하게 표출하였습니다. 그래서 전통적인 '가사'와 노래로 불렀던 '창가'의 중간 형태로 보는 것이 적당합니다.

작품해설 / 우리나라의 독립을 칭송하고, 제목대로 애국을 다짐합니다. 새로운 나라를 만들었으니 기쁘기도 하고 각오도 새롭습니다. 임금에게 충성하자, 정부를 보호하자, 나라를 보전하자는 것이 전하고자 하는 메시지로 이 중에서 제일 급한 일은 나라를 지키는 것입니다. 하지만 다른 주장도 있습니다. 백성을 사랑하자, 부녀자를 공경하자, 자식을 교육하자 등등. 그렇게 하면 앞으로 모든 일이 잘될 거라고 믿고 있기 때문에 낙관적이라 합니다. 여기서 '건양'

- 원년 : 연호가 바뀐 첫해.
  진충보국 : 충성을 다해 나라에 보답함.
  시종여일 : 처음부터 끝까지 한결같음.
  동심 : 마음을 같이 함.
  경대 : 공경해 대접함.
  국가 태평 : 나라가 태평함.
  가안락 : 집안이 편하고 즐거움.
  사롱공샹 : 사농공상. 즉, 선비, 농부, 장인, 상인의 네 가지 계급.

은 고종 임금 때 사용한 연호입니다. 연호는 해의 차례를 나타내기 위하여 붙이는 이름으로, 건양은 1896년부터 1897년까지 쓰여졌습니다.

- 우리나라 흥하기를 하느님께 비는 까닭은 무엇일까요?
- '건양' 이란 연호는 일본의 강요에 의해 썼다는데, 과연 기뻐할 일인지 생각해 봅시다.
- 이 시가 바라는 세상이 이루어졌을까요? 만약 이루어지지 않았다면 그 이유는 무엇일까요?

아리랑 타령 _민요

1.

이씨의 사촌이 되지 말고

민씨의 팔촌이 되려무나.*

아리랑 아리랑 아라리요

아리랑 배 띄여라 노다 가세.

2.

남산 밑에다 장춘단을 짓고

군악대 장단에 받들어총만 한다*

아리랑 아리랑 아라리요

아리랑 배 띄여라 노다 가세.

3.

아리랑 고개다 정거장 짓고

● 이 노래는 민요입니다. 민요는 어떤 한 사람이 짓는 것이 아닙니다. 누가 지은 줄도 모르고 사람들이 입에서 입으로 전해가며 배우고 부르기 때문에 공동작이라 합니다. 공동작이라니까 여러 사람이 한 자리에 모여 의논해가며 지은 것 같지만, 딱히 그런 것은 아닙니다. 여러 시대에 걸쳐 수많은 사람이 부르다 보니 가사가 덧붙여지기도 합니다. 이를 적층성이라고 합니다.

전기차 오기만 기다린다.
  아리랑 아리랑 아라리요
  아리랑 배 띄여라 노다 가세.

4.
문전의 옥토는 어찌 되고
쪽박의 신세*가 웬말인가.
  아리랑 아리랑 아라리요
  아리랑 배 띄여라 노다 가세.

5.
밭은 헐려서 신작로* 되고
집은 헐려서 정거장 되네.
  아리랑 아리랑 아라리요
  아리랑 배 띄여라 노다 가세.

---

* 이씨의 사촌이 되지 말고 민씨의 팔촌이 되려무나 : 이씨는 조선 왕실, 민씨는 고종의 왕비인 명성황후.
받들어총만 한다 : 실전 훈련은 하지 않고 의식 훈련만 하는 것을 이름.
쪽박의 신세 : 쪽박은 바가지, 거지 신세가 됐다는 뜻.
신작로 : 자동차가 다닐 수 있게 새로 만든 큰 길.

읽기 전에 생각하기 / 민요民謠는 그것이 불려지던 시대 사람들의 일반적인 의식을 반영합니다. 민요를 부르는 사람은 그저 평범한 보통 사람들이니, 대다수 민중의 생각을 표현하고 있다고 봐도 좋습니다. 민요의 '민民'은 백성이란 말이고, '요謠'는 노래란 뜻입니다. 당시 사람들의 생각과 노래로서의 특징을 눈여겨봐야 합니다.

작품해설 / 아리랑의 전체는 9연입니다. 노래니까 '절'이라 해도 무방합니다. 따라서 9절짜리 노래이며, 이곳에 소개된 부분은 그 중 1연에서 5연까지에 해당됩니다. 후렴은 똑같이 반복되고, 절마다 구체적인 문제 하나씩을 다루고 있습니다. 전체를 아우르면 시대와 민족의 문제가 선명하게 드러납니다. 순서대로 보면, 외척의 세도 정치, 이름만 거창하고 하는 일 없는 군대, 현실을 무시한 개화, 일제의 가혹한 수탈, 개화의 폐해가 차례로 비판됩니다. 이 모두는 지어낸 것이 아니고 당시에 실제로 일어났던 일입니다. 그래서 현실적이라 할 수 있습니다. 여기서 다루는 일들은 모두 심각한데 후렴을 보면 문제를 별로 대수롭지 않게 여기는 것 같기도 합니다. 어쩔 수 없는 일이라는 체념의 자세도 담겨 있고, 당장 어찌할 수 있는 일이 아니니 좀 여유를 갖고 생각해 보자는 태도도 들어 있기 때문입니다.

- 문제가 이리 심각한데, '놀다 가자' 는 것은 무슨 의미일까요?
- 이 노래에서 비유적으로 말하는 일이 실제로 가리키는 사건은 무엇입니까?
- 정거장 짓고 전차가 다니면 모두에게 좋은 일이 아닐까요?

가요풍송 _작자 미상

떠잇고나 떠잇고나 대한 강산大韓江山 떠잇고나. 광부대수匡扶大手*
누구런고. 산령* 수신山靈水神 통곡痛哭하며 옥황상제玉皇上帝
호소呼訴하니 감응지리感應之理* 업슬손가. 애고지고 흥

반갑도다 반갑도다 대한 민심大韓民心 반갑도다. 팔역八域*이
정비鼎沸*하되 국재 보상國債報償 열심熱心히야 지금至今도
육속陸續*하니 애국성愛國城*이 감사感謝하다. 애고지고 흥

우지마라 우지마라 해산解散 장졸將卒* 우지 마라 징병령徵兵令*을
실시實施하면 설치雪恥*은번 아니 될까. 애고지고 흥

놀고가세 놀고가세 각부대신各部大臣* 놀고 가세. 귀쏙말이
비밀秘密하니 다회* 만찬茶會晩餐 자미滋味*로다. 세상사世上事는
하여何如턴지 일신안락一身安樂* 제일第一인가. 애고지고 흥
〈후략〉

● 작자는 전문적으로 글을 쓰는 사람이나 직업적인 문인이 아닌 듯 보입니다. 이 작품은 당시 발행되던 신문에 실렸는데, 신문 제작에 관계하던 사람이 써서 실었을 수도 있고, 독자가 써서 투고했을 가능성도 있습니다.

읽기 전에 생각하기 / 개화가사는 개화기에 씌어진 가사인데, '가사' 라는 양식보다는 '개화' 라는 개념이 더 중요합니다. 가사라는 것은 예부터 있던 양식이니 형식적 특성만 점검하면 됩니다. 결국 개화기가 어떤 시대고 무슨 일이 벌어졌는지를 알아야 작품 내용을 이해할 수 있습니다. 개화가사는 대부분 현실적인 문제를 아주 직설적으로 다룹니다. 따라서 실제로 일어났던 역사적 사건을 염두에 두고 읽어야 합니다.

작품해설 / 국사에서 언급되는 개화기의 주요 사건을 제재와 배경으로 삼고 있습니다. 국권 침탈, 국채보상운동, 군대 해산, 관료의 안일 등은 역사적 사실이고, 이를 풍자적으로 노래합니다. 풍자는 곧 비판인 셈이죠. '흥' 하는 말이 작가의 어조를 분명히 보여줍니다. 한자어가 어려워 요즘말로 바꿔 놓고 읽어야 제대로 뜻이 파악됩니다.

광부대수 : 바로잡아 붙잡는 큰 손.
산령 : 산신령.
감응지리 : 마음이 서로 통해 느끼고 응하는 이치.
팔역 : 여덟 구역이란 말로 온 나라 안을 뜻함.
정비 : 솥에 물이 끓는 것처럼 요란함을 뜻함.
육속 : 계속해 끊이지 않음.
애국성 : 애국하는 정성.
장졸 : 장군과 병졸.
징병령 : 군인을 모집하는 명령.
설치 : 설욕.
각부대신 : 정부의 각 부처의 관리.
다회 : 차 마시는 모임.
자미 : 재미.
일신안락 : 제 한 몸의 편안함과 즐거움을 말함.

- 산신령과 물신령과 옥황상제께 울면서 비는 마음은 과연 어떤 것일까요?
- 국채보상운동과 군대 해산이 어떤 사건이었는지 좀더 자세히 알아보도록 합시다.
- 관리를 욕하는 이 사람은 어떤 계층의 사람일까요?

더 알아두기

떠 있구나 떠 있구나 대한제국의 강산이 떠 있구나. 바로잡아 붙잡을 큰 손이 누구인가? 산의 신령과 물의 신령에게 통곡하며 옥황상제에게 호소하니 느껴서 응하는 이치가 없겠는가?

반갑구나 반갑구나 대한제국의 민심이 반갑구나. 온 나라가 요란하되 국채보상운동을 열심히 하여 지금도 계속 끊어지지 않으니 애국하는 정성이 감사하다.

울지 마라 울지 마라 해산 당한 장군과 병졸은 울지 마라. 징병령을 시시하면 부끄러움을 씻는 일이 아니 되겠는가?

놀고 가세 놀고 가세 각 부의 대신 놀고 가세. 귓속말이 비밀스러우니 차 모임과 만찬이 재미로구나. 세상일은 어떻든지 제 한 몸 편하고 즐거운 것이 제일인가?

권학가 勸學歌

_작자미상

학도學徒* 야 학도야 청년 학도야,

벽상壁上* 의 괘종掛鐘* 을 들어 보시오.

한 소리 두 소리 가고 못 오니,

인생人生의 백 년百年 가기 주마走馬* 같도다.

창가에 속하는 노래 가사인데, 누가 지었는지는 전해지지 않습니다.

학도 : 학생.
벽상 : 벽 위.
괘종 : 종이 울리는 벽시계.
주마 : 빨리 달리는 말.

읽기 전에 생각하기 / 창가唱歌는 노래입니다. 그러니 이것은 노래 가사라고 말할 수 있습니다. 창가는 대부분 세 음보로 구성되어 있고, 서양 악곡에 맞춰 불렀습니다. 개화기에 근대적인 학교가 생기면서 나타나 널리 불려진 것으로 학교 음악 시간에 가르치고 배웠던 것입니다. 창가의 지배적 속성을 흔히 교술적校述的이라 하는데, 이 말은 교훈과 이념을 전달하거나 사실과 지식을 가르친다는 뜻입니다.

작품해설 / 제목을 '권학가'라 하고, 제목대로 공부하기를 권합니다. '젊은 학생들아 시계 소리를 들어 보아라. 시간은 흘러가면 다시 돌아오지 않는다. 사람이 백년을 산다 해도 오랜 것이 아니다. 금방 지나간다. 어떡해야 하느냐? 공부해야 한다.' 이런 내용입니다. 당연한 말을 간단하게 하였습니다. 노래에다 복잡한 말을 쓸 수는 없기 때문이지요. 쉽게 외워지고 쉽게 부를 수 있어야 노래로서 쓸모가 있습니다. 몇 번 따라 읽다 보면 저절로 외워집니다.

- 시간이 빨리 흐르는 것과 공부하는 것이 무슨 상관이 있을까요?
- 사람의 인생에서 공부의 의미에 대해 생각해 봅시다.
- 사람은 백년이나 사는데 그걸 빨리 지나간다고 말하는 것의 진정한 의미를 생각해 봅시다.